すぐ伝_{つた}わる　いちばん使_{つか}える旅行日本語_{りょこうにほんご}フレーズブック

想說
什麼

都能通 ^{超好用}
日語旅遊書

國家圖書館出版品預行編目資料

想說什麼都能通，超好用日語旅遊書 /
雅典日研所企編 -- 初版 -- 新北市：雅典文化，
民112.12　面；　公分. -- (全民學日語；73)
ISBN 978-626-7245-12-5(平裝)

1. CST：日語　2. CST：旅遊　3. CST：會話
803.188　　　　　　　　　　　112002244

全民學日語系列 73

想說什麼都能通，超好用日語旅遊書

雅典日研所／企編
責任編輯／張文慧
內文排版／鄭孝儀
封面設計／林鈺恆

掃描填回函
好書隨時抽

法律顧問：方圓法律事務所／涂成樞律師

總經銷：永續圖書有限公司
永續圖書線上購物網
www.foreverbooks.com.tw

出版日／2023年12月

雅典文化

出版社

22103　新北市汐止區大同路三段194號9樓之1
TEL　(02) 8647-3663
FAX　(02) 8647-3660

50音基本發音表

清音

  002

a ㄚ	i 一	u ㄨ	e ㄝ	o ㄡ
あ ア	い イ	う ウ	え エ	お オ
ka ㄎㄚ	ki ㄎ一	ku ㄎㄨ	ke ㄎㄝ	ko ㄎㄡ
か カ	き キ	く ク	け ケ	こ コ
sa ㄙㄚ	shi 丁	su ㄙ	se ㄙㄝ	so ㄙㄡ
さ サ	し シ	す ス	せ セ	そ ソ
ta ㄊㄚ	chi ㄑ一	tsu ㄘ	te ㄊㄝ	to ㄊㄡ
た タ	ち チ	つ ツ	て テ	と ト
na ㄋㄚ	ni ㄋ一	nu ㄋㄨ	ne ㄋㄝ	no ㄋㄡ
な ナ	に ニ	ぬ ヌ	ね ネ	の ノ
ha ㄏㄚ	hi ㄏ一	fu ㄈㄨ	he ㄏㄝ	ho ㄏㄡ
は ハ	ひ ヒ	ふ フ	へ ヘ	ほ ホ
ma ㄇㄚ	mi ㄇ一	mu ㄇㄨ	me ㄇㄝ	mo ㄇㄡ
ま マ	み ミ	む ム	め メ	も モ
ya 一ㄚ		yu 一ㄩ		yo 一ㄡ
や ヤ		ゆ ユ		よ ヨ
ra ㄌㄚ	ri ㄌ一	ru ㄌㄨ	re ㄌㄝ	ro ㄌㄡ
ら ラ	り リ	る ル	れ レ	ろ ロ
wa ㄨㄚ		o ㄡ		n ㄣ
わ ワ		を ヲ		ん ン

濁音

  003

ga ㄍㄚ	gi ㄍ一	gu ㄍㄨ	ge ㄍㄝ	go ㄍㄡ
が ガ	ぎ ギ	ぐ グ	げ ゲ	ご ゴ
za ㄗㄚ	ji ㄐ一	zu ㄗ	ze ㄗㄝ	zo ㄗㄡ
ざ ザ	じ ジ	ず ズ	ぜ ゼ	ぞ ゾ
da ㄉㄚ	ji ㄐ一	zu ㄗ	de ㄉㄝ	do ㄉㄡ
だ ダ	ぢ ヂ	づ ヅ	で デ	ど ド
ba ㄅㄚ	bi ㄅ一	bu ㄅㄨ	be ㄅㄝ	bo ㄅㄡ
ば バ	び ビ	ぶ ブ	べ ベ	ぼ ボ
pa ㄆㄚ	pi ㄆ一	pu ㄆㄨ	pe ㄆㄝ	po ㄆㄡ
ぱ パ	ぴ ピ	ぷ プ	ぺ ペ	ぽ ポ

拗音

kya ㄎㄧㄚ	kyu ㄎㄧㄩ	kyo ㄎㄧㄡ
きゃ キャ	きゅ キュ	きょ キョ
sha ㄒㄧㄚ	**shu** ㄒㄧㄩ	**sho** ㄒㄧㄡ
しゃ シャ	しゅ シュ	しょ ショ
cha ㄑㄧㄚ	**chu** ㄑㄧㄩ	**cho** ㄑㄧㄡ
ちゃ チャ	ちゅ チュ	ちょ チョ
nya ㄋㄧㄚ	**nyu** ㄋㄧㄩ	**nyo** ㄋㄧㄡ
にゃ ニャ	にゅ ニュ	にょ ニョ
hya ㄏㄧㄚ	**hyu** ㄏㄧㄩ	**hyo** ㄏㄧㄡ
ひゃ ヒャ	ひゅ ヒュ	ひょ ヒョ
mya ㄇㄧㄚ	**myu** ㄇㄧㄩ	**myo** ㄇㄧㄡ
みゃ ミャ	みゅ ミュ	みょ ミョ
rya ㄌㄧㄚ	**ryu** ㄌㄧㄩ	**ryo** ㄌㄧㄡ
りゃ リャ	りゅ リュ	りょ リョ

gya ㄍㄧㄚ	gyu ㄍㄧㄩ	gyo ㄍㄧㄡ
ぎゃ ギャ	ぎゅ ギュ	ぎょ ギョ
j(y)a ㄐㄧㄚ	**j(y)u** ㄐㄧㄩ	**j(y)o** ㄐㄧㄡ
じゃ ジャ	じゅ ジュ	じょ ジョ
j(y)a ㄐㄧㄚ	**j(y)u** ㄐㄧㄩ	**j(y)o** ㄐㄧㄡ
ぢゃ ヂャ	ぢゅ ヂュ	ぢょ ヂョ
bya ㄅㄧㄚ	**byu** ㄅㄧㄩ	**byo** ㄅㄧㄡ
びゃ ビャ	びゅ ビュ	びょ ビョ
pya ㄆㄧㄚ	**pyu** ㄆㄧㄩ	**pyo** ㄆㄧㄡ
ぴゃ ピャ	ぴゅ ピュ	ぴょ ピョ

● | 平假名 | 片假名 |

★基礎會話短句

★機票

★訂旅館

★在機場

★ 在 旅 館

★餐廳

目
錄

★觀光景點

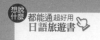

★生病

★請求協助

基

礎會話短句

● 問候

實用短句

▶ こんにちは。
ko.n.ni.chi.wa.
你好！

▶ はじめまして。
ha.ji.me.ma.shi.te.
你好。（初次見面）

▶ よろしくお願いします。
yo.ro.shi.ku./o.ne.ga.i.shi.ma.su.
請多多指教。

▶ お元気ですか？
o.ge.n.ki.de.su.ka.
你好嗎？

▶ 今日はいい天気ですね。
kyo.u.wa./i.i.te.n.ki.de.su.ne.
今天天氣真好。

▶ おはようございます。
o.ha.yo.u./go.za.i.ma.su.
早安。

track 跨頁共同導讀 005

▶ こんばんは。

ko.n.ba.n.wa.

晚上好。

▶ おやすみなさい。

o.ya.su.mi.na.sa.i.

晚安。(睡覺前)

▶ 元気です。

ge.n.ki.de.su.

我很好。

▶ 何かありましたか。

na.ni.ka./a.ri.ma.shi.ta.ka.

有什麼事嗎？／有什麼困擾嗎？

track 006

● 道別

實用短句

▶ 良い一日を。

yo.i.i.chi.ni.chi.o.

祝你有美好的一天。

▶ また会いましょう。

ma.ta./a.i.ma.sho.u.

下次再會。

▶ また明日会いましょう。

ma.ta./a.shi.ta./a.i.ma.sho.u.

明天再見。

▶ また後で。

ma.ta./a.to.de.

待會見。

▶ 体に気をつけて。

ka.ra.da.ni./ki.o./tsu.ke.te.

保重身體。

▶ さよなら。

sa.yo.na.ra.

再見。

● 請、謝謝、對不起

實用短句

▶ どうも。

do.u.mo.

你好。／謝謝。

▶ すみません。

su.mi.ma.se.n.

抱歉。／謝謝。／不好意思。

track 跨頁共同導讀 007

▶ ごめんなさい。

go.me.n.na.sa.i.

對不起。

▶ すみませんでした。

su.mi.ma.se.n.de.shi.ta.

真是抱歉。

▶ 申し訳ありません。

mo.u.shi.wa.ke./a.ri.ma.se.n.

深感抱歉。

▶ 失礼します。

shi.tsu.re.i.shi.ma.su.

不好意思。

▶ 大丈夫です。

da.i.jo.u.bu.de.su.

沒關係！

▶ かまいません。

ka.ma.i.ma.se.n.

沒關係！

▶ ありがとうございます。

a.ri.ga.to.u./go.za.i.ma.su.

謝謝你的幫助！

▶ 手伝ってくれてありがとう。
te.tsu.da.tte.ku.re.te./a.ri.ga.to.u.
感謝你的協助！

▶ どうもわざわざありがとう。
do.u.mo./wa.za.wa.za.a.ri.ga.to.u.
真是太麻煩你了。

▶ どうもご親切に。
do.u.mo.go.shi.n.se.tsu.ni.
謝謝你親切的關心。

▶ 感謝しています。
ka.n.sha.shi.te.i.ma.su.
很感謝你。

▶ とても満足です。
to.te.mo.ma.n.zo.ku.de.su.
我很滿足。

▶ ありがたく頂戴いたします。
a.ri.ga.ta.ku./cho.u.da.i.i.ta.shi.ma.su.
心懷感恩的收下。

▶ いろいろお世話になりました。
i.ro.i.ro./o.se.wa.ni.na.ri.ma.shi.ta.
承蒙您的照顧。

基礎會話短句｜訂機票｜訂旅館｜在機場｜在飛機上｜交通｜在旅館｜餐廳｜購物｜觀光景點｜生病｜請求協助

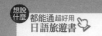

track 跨頁共同導讀 007

▶ おかげさまで。
o.ka.ge.sa.ma.de.
托您的福。

▶ わざわざすみません。
wa.za.wa.za./su.mi.ma.se.n.
讓您費心了。

▶ 気を使わせてしまって。
ki.o.tsu.ka.wa.se.te./shi.ma.tte.
讓您費心了。

▶ ありがたいことです。
a.ri.ga.ta.i.ko.to.de.su.
太感謝了。

▶ 助かります。
ta.su.ka.ri.ma.su.
你救了我。／你幫了大忙。

▶ どうも失礼いたしました。
do.u.mo./shi.tsu.re.i.i.ta.shi.ma.shi.ta.
真不好意思。

▶ どうも。お願いします。
do.u.mo./o.ne.ga.i.shi.ma.su.
謝謝，麻煩你了。

▶ いいですか？
i.i.de.su.ka.
可以嗎？

▶ 結構です。
ke.kko.u.de.su.
不必了。

訂 機票

● 表達需求

實用短句

▶ こんにちは、台湾から電話している陳ですが。

ko.n.ni.chi.wa./ta.i.wa.n.ka.ra./de.n.wa.shi.te.i.ru./chi.n.de.su.ga.

你好，我姓陳，是從台灣打電話來的。

▶ 福岡から東京の往復航空券が欲しいんですが。

fu.ku.o.ka./ka.ra./to.u.kyo.u.no./o.u.fu.ku.ko.u.ku.u.ke.n.ga./ho.shi.i.n.de.su.ga.

我想要買從福岡到東京的來回機票。

▶ 東京までのチケットをお願いします。

to.u.kyo.u.ma.de.no./chi.ke.tto.o./o.ne.ga.i.shi.ma.su.

我想買到東京的機票。

▶ 3月5日の大阪行きの便を往復で予約しているのですが。

sa.n.ga.tsu./i.tsu.ka.no./o.o.sa.ka.yu.ki.no./bi.n.o./o.u.fu.ku.de./yo.ya.ku.shi.te.i.ru.no.de.su.ga.

我預約了3月5日到大阪的來回機票。

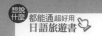

▶ エコノミークラスでお願いします。

e.ko.no.mi.i.ku.ra.su.de./o.ne.ga.i.shi.ma.su.

請給我經濟艙機位。

▶ ビジネスクラスでお願いします。

bi.ji.ne.su.ku.ra.su.de./o.ne.ga.i.shi.ma.su.

請給我商務艙機位。

▶ 香港に立ち寄りたいんです。

ho.n.ko.n.ni./ta.chi.yo.ri.ta.i.n.de.su.

我想在香港轉機。

▷艙等相關單字

エコノミークラス
e.ko.no.mi.i./ku.ra.su.

經濟艙

ファーストクラス
fa.a.su.to./ku.ra.su.

頭等艙

ビジネスクラス
bi.ji.ne.su./ku.ra.su.

商務艙

▷機種相關單字

飛行機
ひこうき
hi.ko.u.ki.

飛機

ジェット機
き
je.tto.ki.

噴射機

航空機
こうくうき
ko.u.ku.u.ki.

飛行交通工具／飛機

ボーイング
bo.o.i.n.gu.

波音

エアバス
e.a.ba.su.

空中客機

旅客機
りょかっき
ryo.ka.kki.

客機

格安航空
かくやすこうくう
ka.ku.ya.su.ko.u.ku.u.

廉價航空

track 009

● 航班疑問

(實用短句)

▶ どこ経由ですか。

do.ko.ke.i.yu.de.su.ka.

請問會過境哪個機場？

▶ 直行便はないんですか。

cho.kko.u.bi.n.wa./na.i.n.de.su.ka.

沒有直飛的班機嗎？

▶ 一番早い便は何時発ですか。

i.chi.ba.n./ha.ya.i.bi.n.wa./na.n.ji.ha.tsu.de.su.
ka.

最早的班機是幾點呢？

▶ 次の福岡行きのフライトはいつ発です
か。

tsu.gi.no./fu.ku.o.ka.yu.ki.no./fu.ra.i.to.wa./i.
tsu.ha.tsu.de.su.ka.

下一班往福岡的班機是幾點呢？

▶ もっと早い便に変えられませんか。

mo.tto./ha.ya.i.bi.n.ni./ka.e.ra.re.ma.se.n.ka.

可以換成早一點的班機嗎？

▶ ウェイティングで乗れませんか。

ue.i.ti.n.gu.de./no.re.ma.se.n.ka.

可以等候補的機位嗎？

▶ 東京への便は一日何便ありますか。

to.u.kyo.u.e.no.bi.n.wa./i.chi.ni.chi./na.n.bi.n.a.ri.ma.su.ka.

往東京的班機一天有幾班呢？

▶ 運賃はいくらですか。

u.n.chi.n.wa./i.ku.ra.de.su.ka.

機票費用是多少呢？

▷ 日期相關單字

一月
i.chi.ga.tsu.

一月

二月
ni.ga.tsu.

二月

三月
sa.n.ga.tsu.

三月

四月
shi.ga.tsu.

四月

ごがつ
五月
go.ga.tsu.
五月

ろくがつ
六月
ro.ku.ga.tsu.
六月

しちがつ
七月
shi.chi.ga.tsu.
七月

はちがつ
八月
ha.chi.ga.tsu.
八月

くがつ
九月
ku.ga.tsu.
九月

じゅうがつ
十月
ju.u.ga.tsu.
十月

じゅういちがつ
十一月
ju.u.i.chi.ga.tsu.
十一月

じゅうにがつ
十二月
ju.u.ni.ga.tsu.
十二月

▷日期相關單字

<ruby>一日<rt>ついたち</rt></ruby>
一日
tsu.i.ta.chi.
一號

<ruby>二日<rt>ふつか</rt></ruby>
二日
fu.tsu.ka.
二號

<ruby>三日<rt>みっか</rt></ruby>
三日
mi.kka.
三號

<ruby>四日<rt>よっか</rt></ruby>
四日
yo.kka.
四號

<ruby>五日<rt>いつか</rt></ruby>
五日
i.tsu.ka.
五號

<ruby>六日<rt>むいか</rt></ruby>
六日
mu.i.ka.
六號

<ruby>七日<rt>なのか</rt></ruby>
七日
na.no.ka.
七號

基礎會話短句 | 訂機票 | 訂旅館 | 在機場 | 在飛機上 | 交通 | 在旅館 | 餐廳 | 購物 | 觀光景點 | 生病 | 請求協助

track 跨頁共同導讀 009

ようか
八日
yo.u.ka.
八號

ここのか
九日
ko.ko.no.ka.
九號

とおか
十日
to.o.ka.
十號

じゅういちにち
十一日
ju.u.i.chi.ni.chi.
十一號

じゅうににち
十二日
ju.u.ni.ni.chi.
十二號

じゅうさんにち
十三日
ju.u.sa.n.ni.chi.
十三號

じゅうよっか
十四日
ju.u.yo.kka.
十四號

じゅうごにち
十五日
ju.u.go.ni.chi.
十五號

じゅうろくにち
十六日
ju.u.ro.ku.ni.chi.
十六號

じゅうしちにち
十七日
ju.u.shi.chi.ni.chi.
十七號

じゅうはちにち
十八日
ju.u.ha.chi.ni.chi.
十八號

じゅうくにち
十九日
ju.u.ku.ni.ch.
十九號

はつか
二十日
ha.tsu.ka.
二十號

にじゅういちにち
二十一日
ni.ju.u.i.chi.ni.chi.
二十一號

にじゅうににち
二十二日
ni.ju.u.ni.ni.chi.
二十二號

にじゅうさんにち
二十三日
ni.ju.u.sa.n.ni.chi.
二十三號

track 跨頁共同導讀 009

にじゅうよっか
二十四日
ni.ju.u.yo.kka.

二十四號

にじゅうごにち
二十五日
ni.ju.u.go.ni.chi.

二十五號

にじゅうろくにち
二十六日
ni.ju.u.ro.ku.ni.chi.

二十六號

にじゅうしちにち
二十七日
ni.ju.u.shi.chi.ni.chi.

二十七號

にじゅうはちにち
二十八日
ni.ju.u.ha.chi.ni.chi.

二十八號

にじゅうくにち
二十九日
ni.ju.u.ku.ni.chi.

二十九號

さんじゅうにち
三十日
sa.n.ju.u.ni.chi.

三十號

さんじゅういちにち
三十一日
sa.n.ju.u.i.chi.ni.chi.

三十一號

▷星期相關單字

にちよう び
日曜日
ni.chi.yo.u.bi.
星期日

げつよう び
月曜日
ge.tsu.yo.u.bi.
星期一

か よう び
火曜日
ka.yo.u.bi.
星期二

すいよう び
水曜日
su.i.yo.u.bi.
星期三

もくよう び
木曜日
mo.ku.yo.u.bi.
星期四

きんよう び
金曜日
ki.n.yo.u.bi.
星期五

ど よう び
土曜日
do.yo.u.bi.
星期六

基礎會話短句 訂機票 訂旅館 在機場 在飛機上 交通 在旅館 餐廳 購物 觀光景點 生病 請求協助

track 010

• 更改航班

實用短句

▶ フライトの予約を変更したいのですが。

fu.ra.i.to.no./yo.ya.ku.o./he.n.ko.u.shi.ta.i.no.
de.su.ga.

我想更改航班。

▶ CA110便をキャンセルしたいのですが。

shi.e.hya.ku.ju.u.bi.n.no./kya.n.se.ru.shi.ta.i.no.
de.su.ga.

我想取消CA110的機位。

▷日本主要縣市

北海道地方
ho.kka.i.do.u.chi.ho.u.

北海道地區

北海道
ho.kka.i.do.u.

北海道

東北地方
to.u.ho.ku.chi.ho.u.

東北地區

基礎會話短句

訂機票

訂旅館

在機場

在飛機上

交通

在旅館

餐廳

購物

觀光景點

生病

請求協助

あおもりけん
青森県
a.o.mo.ri.ke.n.
青森縣

いわてけん
岩手県
i.wa.te.ke.n.
岩手縣

みやぎけん
宮城県
mi.ya.gi.ke.n.
宮城縣

あきたけん
秋田県
a.ki.ta.ke.n.
秋田縣

やまがたけん
山形県
ya.ma.ga.ta.ke.n.
山形縣

ふくしまけん
福島県
fu.ku.shi.ma.ke.n.
福島縣

かんとうちほう
関東地方
ka.n.to.u.chi.ho.u.
關東地區

いばらきけん
茨城県
i.ba.ra.ki.ke.n.
茨城縣

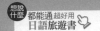
track 跨頁共同導讀 010

栃木県
とちぎけん

to.chi.gi.ke.n.

栃木縣

群馬県
ぐんまけん

gu.n.ma.ke.n.

群馬縣

埼玉県
さいたまけん

sa.i.ta.ma.ke.n.

埼玉縣

千葉県
ちばけん

chi.ba.ke.n.

千葉縣

東京都
とうきょうと

to.u.kyo.u.to.

東京都

神奈川県
かながわけん

ka.na.ga.wa.ke.n.

神奈川縣

中部地方
ちゅうぶちほう

chu.u.bu.chi.ho.u.

中部地區

新潟県
にいがたけん

ni.i.ga.ta.ke.n.

新潟縣

とやまけん
富山県
to.ya.ma.ke.n.
富山縣

いしかわけん
石川県
i.shi.ka.wa.ke.n.
石川縣

ふくいけん
福井県
fu.ku.i.ke.n.
福井縣

やまなしけん
山梨県
ya.ma.na.shi.ke.n.
山梨縣

ながのけん
長野県
na.ga.no.ke.n.
長野縣

ぎふけん
岐阜県
gi.fu.ke.n.
岐阜縣

しずおかけん
静岡県
shi.zu.o.ka.ke.n.
靜岡縣

あいちけん
愛知県
a.i.chi.ke.n.
愛知縣

track 跨頁共同導讀 010

きんきちほう
近畿地方
ki.n.ki.chi.ho.u.

近畿地區

みえけん
三重県
mi.e.ke.n.

三重縣

しがけん
滋賀県
shi.ga.ke.n.

滋賀縣

きょうとふ
京都府
kyo.u.to.fu.

京都府

おおさかふ
大阪府
o.o.sa.ka.fu.

大阪府

ひょうごけん
兵庫県
hyo.u.go.ke.n.

兵庫縣

ならけん
奈良県
na.ra.ke.n.

奈良縣

わかやまけん
和歌山県
wa.ka.ya.ma.ke.n.

和歌山縣

ちゅうごくちほう
中国地方
chu.u.go.ku.chi.ho.u.

中國地區

とっとりけん
鳥取県
to.tto.ri.ke.n.

烏取縣

しまねけん
島根県
shi.ma.ne.ke.n.

島根縣

おかやまけん
岡山県
o.ka.ya.ma.ke.n.

岡山縣

ひろしまけん
広島県
hi.ro.shi.ma.ke.n.

廣島縣

やまぐちけん
山口県
ya.ma.gu.chi.ke.n.

山口縣

しこくちほう
四国地方
shi.ko.ku.chi.ho.u.

四國地區

とくしまけん
徳島県
to.ku.shi.ma.ke.n.

德島縣

track 跨頁共同導讀 010

かがわけん
香川県

ka.ga.wa.ke.n.

香川縣

えひめけん
愛媛県

e.hi.me.ke.n.

愛媛縣

こうちけん
高知県

ko.u.chi.ke.n.

高知縣

きゅうしゅうちほう
九州地方

kyu.u.shu.u.chi.ho.u.

九州地區

ふくおかけん
福岡県

fu.ku.o.ka.ke.n.

福岡縣

さがけん
佐賀県

sa.ga.ke.n.

佐賀縣

ながさきけん
長崎県

na.ga.sa.ki.ke.n.

長崎縣

くまもとけん
熊本県

ku.ma.mo.to.ke.n.

熊本縣

おおいたけん
大分県
oo.i.ta.ke.n.

大分縣

みやざきけん
宮崎県
mi.ya.za.ki.ke.n.

宮崎縣

かごしまけん
鹿児島県
ka.go.shi.ma.ke.n.

鹿兒島縣

おきなわちほう
沖縄地方
o.ki.na.wa.chi.ho.u.

沖繩地區

おきなわけん
沖縄県
o.ki.na.wa.ke.n.

沖繩縣

011 **track**

▷日本主要城市相關單字

さっぽろし
札幌市
sa.ppo.ro.shi.

札幌市

あおもりし
青森市
a.o.mo.ri.shi.

青森市

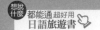
track 跨頁共同導讀 011

もりおかし
盛岡市
mo.ri.o.ka.shi.

盛岡市

せんだいし
仙台市
se.n.da.i.shi.

仙台市

あきたし
秋田市
a.ki.ta.shi.

秋田市

やまがたし
山形市
ya.ma.ga.ta.shi.

山形市

ふくしまし
福島市
fu.ku.shi.ma.shi.

福島市

みとし
水戸市
mi.to.shi.

水戸市

うつのみやし
宇都宮市
u.tsu.no.mi.ya.shi.

宇都宮市

まえばしし
前橋市
ma.e.ba.shi.shi.

前橋市

さいたま市
sa.i.ta.ma.shi.

埼玉市

千葉市
chi.ba.shi.

千葉市

東京
to.u.kyo.u.

東京

横浜市
yo.ko.ha.ma.shi.

橫濱市

新潟市
ni.i.ga.ta.shi.

新潟市

富山市
to.ya.ma.shi.

富山市

金沢市
ka.na.za.wa.shi.

金澤市

福井市
fu.ku.i.shi.

福井市

甲府市
ko.u.fu.shi.

甲府市

長野市
na.ga.no.shi.

長野市

岐阜市
gi.fu.shi.

岐阜市

静岡市
shi.zu.o.ka.shi.

靜岡市

名古屋市
na.go.ya.shi.

名古屋市

津市
tsu.shi.

津市

大津市
o.o.tsu.shi.

大津市

京都市
kyo.u.to.shi.

京都市

おおさかし
大阪市
o.o.sa.ka.shi.

大阪市

こうべし
神戸市
ko.u.be.shi.

神戸市

ならし
奈良市
na.ra.shi.

奈良市

わかやまし
和歌山市
wa.ka.ya.ma.shi.

和歌山市

とっとりし
鳥取市
to.tto.ri.shi.

鳥取市

まつえし
松江市
ma.tsu.e.shi.

松江市

おかやまし
岡山市
o.ka.ya.ma.shi.

岡山市

ひろしまし
広島市
hi.ro.shi.ma.shi.

廣島市

訂機票 訂旅館 在機場 在飛機上 交通 在旅館 餐廳 購物 觀光景點 生病 請求協助

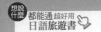
track 跨頁共同導讀 011

山口市
ya.ma.gu.chi.shi.

山口市

徳島市
to.ku.shi.ma.shi.

徳島市

高松市
ta.ka.ma.tsu.shi.

高松市

松山市
ma.tsu.ya.ma.shi.

松山市

高知市
ko.u.chi.shi.

高知市

福岡市
fu.ku.o.ka.shi.

福岡市

佐賀市
sa.ga.shi.

佐賀市

長崎市
na.ga.sa.ki.shi.

長崎市

熊本市
ku.ma.mo.to.shi.

熊本市

大分市
o.o.i.ta.shi.

大分市

宮崎市
mi.ya.za.ki.shi.

宮崎市

鹿児島市
ka.go.shi.ma.shi.

鹿兒島市

那覇市
na.ha.shi.

那霸市

基礎會話短句　訂機票　訂旅館　在機場　在飛機上　交通　在旅館　餐廳　購物　觀光景點　生病　請求協助

訂 旅館

● 表達需求

(實用短句)

▶ ホテルを予約したいのですが。
ho.te.ru.o./yo.ya.ku.shi.ta.i.no.de.su.ga.
我想訂房。

▶ そちらのホテルの部屋を予約できますか。
so.chi.ra.no./ho.te.ru.no.he.ya.o./yo.ya.ku.de.ki.
ma.su.ka.
我想訂房。

▶ ダブルを1部屋予約したいのですが。
da.bu.ru.o./hi.to.he.ya./yo.ya.ku.shi.ta.i.no.de.su.
ga.
我要訂一間有雙人床的房間。

▶ シングルルームをお願いします。
shi.n.gu.ru.ru.u.mu.o./o.ne.ga.i.shi.ma.su.
我要單人房。

▶ 部屋はシングルを二つでお願いします。
he.ya.wa./shi.n.gu.ru.o./fu.ta.tsu.de./o.ne.ga.i.
shi.ma.su.
請給我兩間單人房。

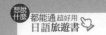
track 跨頁共同導讀 012

► 5月10日にシングルルームを予約した
 いのですが。

go.ga.tsu./to.o.ka.ni./shi.n.gu.ru.ru.u.mu.o./yo.
ya.ku.shi.ta.i.no.de.su.ga.

我想訂5月10日的單人房。

► 10日から5日間の滞在でシングルルー
 ムをお願いします。

to.o.ka.ka.ra./i.tsu.ka.ka.n.no./ta.i.za.i.de./shi.n.
gu.ru.ru.u.mu.o./o.ne.ga.i.shi.ma.su.

我想訂從10號開始，五天的單人房。

▷房型相關單字

シングルルーム
shi.n.gu.ru./ru.u.mu.
單人房

ツインルーム
tsu.i.n./ru.u.mu.
雙人房(兩床)

ダブルルーム
da.bu.ru./ru.u.mu.
雙人房(一張大床)

キングベッドルーム
ki.n.gu.be.ddo./ru.u.mu.

雙人房(一張king size大床)

トリプルルーム
to.ri.pu.ru./ru.u.mu.

三人房

フォースルーム
fo.o.su./ru.u.mu.

四人房

スイートルーム
su.i.i.to.ru.u.mu.

總統套房

和室
wa.shi.tsu.

和室房間

▷床型相關單字

ツイン
tsu.i.n.

兩張單人床

シングル
shi.n.gu.ru.

單人床

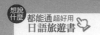

track 跨頁共同導讀 012

ダブル
da.bu.ru.

雙人床

セミダブル
se.mi.da.bu.ru.

小號的雙人床

▷住宿期間相關單字

いっぱくふつか
一泊二日
i.ppa.ku./fu.tsu.ka.

兩天一夜

にはくみっか
二泊三日
ni.ha.ku./mi.kka.

三天兩夜

さんぱくよっか
三泊四日
sa.n.pa.ku./yo.kka.

四天三夜

よんぱくいつか
四泊五日
yo.n.pa.ku./i.tsu.ka.

五天四夜

● 詢問

實用短句

▶ チェックインとチェックアウトは何時(なんじ)
ですか。

che.kku.i.n.to./che.kku.a.u.to.wa./na.n.ji.de.su.
ka.

請問入住和退房時間分別是幾點？

▶ 何時(なんじ)にチェックインできますか。

na.n.ji.ni./che.kku.i.n.de.ki.ma.su.ka.

幾點可以開始入住？

▶ 何時(なんじ)にチェックアウトしないといけま
せんか。

na.n.ji.ni./che.kku.a.u.to.shi.na.i.to./i.ke.ma.se.
n.ka.

最晚幾點需辦理退房？

▶ 遅(おそ)めのチェックアウトをお願(ねが)いできま
すか。

o.so.me.no./che.kku.a.u.to.o./o.ne.ga.i.de.ki.ma.
su.ka.

我可以晚點退房嗎？

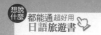
track 跨頁共同導讀 013

▶ ゴールデンウィーク中に空いている
部屋はありますか。

go.o.ru.de.n.u.i.i.ku.chu.u.ni./a.i.te.i.ru.he.ya.
wa./a.ri.ma.su.ka.

黃金週時有空房嗎？

▶ 1泊いくらですか。

i.ppa.ku./i.ku.ra.de.su.ka.

一晚多少錢？

▶ もっと安い部屋はありませんか。

mo.tto./ya.su.i.he.ya.wa./a.ri.ma.se.n.ka.

有便宜一點的房間嗎？

▶ 朝食はついていますか。

cho.u.sho.ku.wa./tsu.i.te.i.ma.su.ka.

是否附早餐？

▷時間相關單字

一時
i.chi.ji.
一點

二時
ni.ji.
兩點

三^{さん}時^じ
sa.n.ji.
三點

四^よ時^じ
yo.ji.
四點

五^ご時^じ
go.ji.
五點

六^{ろく}時^じ
ro.ku.ji.
六點

七^{しち}時^じ
shi.chi.ji.
七點

八^{はち}時^じ
ha.chi.ji.
八點

九^く時^じ
ku.ji.
九點

十^{じゅう}時^じ
ju.u.ji.
十點

基礎會話短句 訂機票 訂旅館 在機場 在飛機上 交通 在旅館 餐廳 購物 觀光景點 生病 請求協助

track 跨頁共同導讀 013

十一時
<ruby>十一時<rt>じゅういちじ</rt></ruby>

ju.u.i.chi.ji.

十一點

十二時
<ruby>十二時<rt>じゅうにじ</rt></ruby>

ju.u.ni.ji.

十二點

五分
<ruby>五分<rt>ごふん</rt></ruby>

go.fu.n.

五分

十分
<ruby>十分<rt>じゅっぷん</rt></ruby>

ju.ppu.n.

十分

半
<ruby>半<rt>はん</rt></ruby>

ha.n.

半

午前
<ruby>午前<rt>ごぜん</rt></ruby>

go.ze.n.

早上到中午間的時段

午後
<ruby>午後<rt>ごご</rt></ruby>

go.go.

下午

朝
<ruby>朝<rt>あさ</rt></ruby>

a.sa.

早上

昼
hi.ru.
白天

夜
yo.ru.
晚上

夜中
yo.na.ka.
深夜

夕方
yu.u.ga.ta.
傍晚

014 track

● 房型

▶ 追加のベッドを入れたツインの部屋を予約できますか。

tsu.i.ka.no./be.ddo.o./i.re.ta./tsu.i.n.no./he.ya.o./yo.ya.ku.de.ki.ma.su.ka.

我可以訂一間加床的雙床房嗎？

▶ 上のほうの階の部屋をお願いします。

u.e.no.ho.u.no.ka.i.no./he.ya.o./o.ne.ga.i.shi.ma.su.

請給我較高樓層的房間。

track 跨頁共同導讀 014

▶ 眺めのいい部屋がいいのですが。

na.ga.me.no./i.i.he.ya.ga./i.i.no.de.su.ga.

請給我景觀較佳的房間。

▶ 静かな部屋をお願いします。

shi.zu.ka.na./he.ya.o./o.ne.ga.i.shi.ma.su.

請給我安靜的房間。

▶ 浴室付きの部屋がいいのですが。

yo.ku.shi.tsu.zu.ki.no./he.ya.ga./i.i.no.de.su.ga.

我想要附浴室的房間。

 track 015

● 變更預約

實用短句

▶ ホテルの予約をキャンセルしたいのですが。

ho.te.ru.no./yo.ya.ku.o./kya.n.se.ru.shi.ta.i.no.de.su.ga.

我想取消訂房。

▶ 宿泊日の変更をしたいのですが。

shu.ku.ha.ku.bi.no./he.n.ko.u.o./shi.ta.i.no.de.su.ga.

我想更改住房日期。

▶滞在日数を2日にしたいのですが。

ta.i.za.i.ni.ssu.u.o./fu.tsu.ka.ni.shi.ta.i.no.de.su.ga.

我想把住宿日期改成2天。

● 確認

實用短句

▶予約はこれでOKですね。

yo.ya.ku.wa./ko.re.de./o.kke.e./de.su.ne.

這樣就完成預約了嗎？

▶予約を確認するために電話しています。

yo.ya.ku.o./ka.ku.ni.n.su.ru.ta.me.ni./de.n.wa.shi.te.i.ma.su.

為了確認是否預約成功而打電話。

▷電話相關單字

マナーモード

ma.na.a.mo.o.do.

手機靜音模式

メール

me.e.ru.

簡訊、mail

想說什麼都能通 超好用 日語旅遊書

送信
そうしん
so.u.shi.n.

發送

受信
じゅしん
ju.shi.n.

收訊／接收

公衆電話
こうしゅうでんわ
ko.u.shu.u.de.n.wa.

公共電話

切る
き
ki.ru.

切斷(電話)

接続
せつぞく
se.tsu.zo.ku.

接通(電話)

かける
ka.ke.ru.

撥電話

受信できない
じゅしん
ju.shi.n.de.ki.na.i.

訊號不清

圏外
けんがい
ke.i.ga.i.

受不到訊號

話し中
ha.na.shi.chu.u.

占線

繁がる
tsu.na.ga.ru.

接通

メッセージ
me.sse.e.ji.

留言

伝言
de.n.go.n.

傳話留言

掛け直す
ka.ke.na.o.su.

再致電

間違い電話
ma.chi.ga.i.de.n.wa.

撥錯號

国内電話
ko.ku.na.i.de.n.wa.

國內電話

国際電話
ko.ku.sa.i.de.n.wa.

國際電話

track 跨頁共同導讀 016

くに
国コード
ku.ni.ko.o.do.

國家代碼

しがいきょくばん
市外局番
shi.ga.i.kyo.ku.ba.n.

區號

ないせん
内線
na.i.se.n.

分機

しないつうわ
市内通話
shi.na.i.tsu.u.wa.

市話

しがいでんわ
市外電話
shi.ga.i.de.n.wa.

長途電話

きんきゅう
緊急コール
ki.n.kyu.u.ko.o.ru.

緊急電話

むりょうつうわ
無料通話
mu.ryo.u.tsu.u.wa.

免費電話

ばんごうあんない
番号案内
ba.n.go.u.a.n.na.i.

查號臺

track 跨頁共同導讀

けいたいでんわ
携帯電話
ke.i.ta.i.de.n.wa.

行動電話

つうわりょうきん
通話料金
tsu.u.wa.ryo.u.ki.n.

通話費

つうしんりょうきん
通信料金
tsu.u.shi.n.ryo.u.ki.n.

通訊費

こくさいでんわ
国際電話カード
ko.ku.sa.i.de.n.wa./ka.a.do.

國際電話卡

基礎會話短句｜訂機票｜訂旅館｜在機場｜在飛機上｜交通｜在旅館｜餐廳｜購物｜觀光景點｜生病｜請求協助

在

機場

● 登機手續

實用短句

▶ 搭乗手続きはどこでするのですか。

to.u.jo.u.te.tsu.zu.ki.wa./do.ko.de.su.ru.no.de.su.ka.

登機報到手續在哪裡辦理？

▶ 搭乗手続きをしたいのですが。

to.u.jo.u.tc.tsu.zu.ki.o./shi.ta.i.no.de.su.ga.

我想辦理登機報到。

▶ 乗り遅れてしまったのですが。

no.ri.o.ku.re.te.shi.ma.tta.no.de.su.ga.

我沒趕上班機，該怎麼辦。

▶ キャンセル待ちはできますか。

kya.n.se.ru.ma.chi.wa./de.ki.ma.su.ka.

我可以等候補的機位嗎？

▶ 大阪行き 106 便のチェックインカウンターはここですか。

o.o.sa.ka.yu.ki./hya.ku.ro.ku.bi.n.no./che.kku.i.n./ka.u.n.ta.a.wa./ko.ko.de.su.ka.

往大阪的 106 次班機，是在這裡辦理報到嗎？

基礎會話短句 | 訂機票 | 訂旅館 | 在機場 | 在飛機上 | 交通 | 在旅館 | 餐廳 | 購物 | 觀光景點 | 生病 | 請求協助

track 跨頁共同導讀 017

▶ ゲート番号を教えてください。

ge.e.to./ba.n.go.o.o./o.shi.e.te.ku.da.sa.i.

請告訴我在幾號登機門登機。

▶ 乗り継ぎカウンターはどこですか。

no.ri.tsu.gi.ka.u.n.ta.a.wa./do.ko.de.su.ka.

請問轉機櫃檯在哪裡？

▶ 搭乗口の番号は何番ですか。

to.u.jo.u.gu.chi.no./ba.n.go.u.wa./na.n.ba.n.de.

su.ka.

是幾號登機口？

▶ 搭乗時間はいつですか。

to.u.jo.u.ji.ka.n.wa./i.tsu.de.su.ka.

登機時間是幾點？

▶ この飛行機に乗りたいのですが。

ko.no.hi.ko.u.ki.ni./no.ri.ta.i.no.de.su.ga.

我想搭這班飛機。

track 018

● 掛行李

實用短句

▶ 荷物は 3 つです。

ni.mo.tsu.wa./mi.ttsu.de.su.

有 3 件行李。

▶預ける手荷物はありません。

a.zu.ke.ru./te.ni.mo.tsu.wa./a.ri.ma.se.n.

沒有行李要託運。

▶この手荷物は預けません。

ko.no.te.ni.mo.tsu.wa./a.zu.ke.ma.se.n.

這件行李不託運。

019 **track**

● 座位需求

實用短句

▶窓側でお願いします。

ma.do.ga.wa.de./o.ne.ga.i.shi.ma.su.

請給我靠窗的位子。

▶通路側でお願いします。

tsu.u.ro.ga.wa.de./o.ne.ga.i.shi.ma.su.

請給我靠走道的位子。

▶隣同士に座りたいのですが。

to.na.ri.do.u.shi.ni./su.wa.ri.ta.i.no.de.su.ga.

我們想坐在一起。

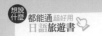

track 跨頁共同導讀 019

▶ 飛行機の前方の席をお願いします。

hi.ko.u.ki.no./ze.n.po.u.no.se.ki.o./o.ne.ga.i.shi.ma.su.

請給我飛機前段的位子。

 track 020

● 其他需求

實用短句

▶ どのくらい遅れますか。

do.no.ku.ra.i./o.ku.re.ma.su.ka.

請問(班機)會延遲多久？

▶ 手荷物用カートはどこにありますか。

te.ni.mo.tsu.yo.u./ka.a.to.wa./do.ko.ni.a.ri.ma.su.ka.

手提行李推車在哪裡？

▶ 乗り継ぎ便に乗り遅れました。

no.ri.tsu.gi.bi.n.ni./no.ri.o.ku.re.ma.shi.ta.

我沒趕上轉機。

▶ これは機内に持ち込めますか。

ko.re.wa./ki.na.i.ni./mo.chi.ko.me.ma.su.ka.

這可以帶上飛機嗎？

▷搭機相關單字

チェックイン
che.kku.i.n.
登機手續

パースポート／旅券
pa.a.su.po.o.to./ryo.ke.n.
護照

ビザ
bi.sa.
簽證

チケット
chi.ke.tto.
機票

窓側
ma.do.ga.wa.
靠窗座位

通路側
tsu.u.ro.ga.wa.
走道座位

中間席
chu.u.ka.n.se.ki.
中間的座位

track 跨頁共同導讀 020

非常出口
ひじょうでぐち
hi.jo.u.de.gu.chi.

緊急出口

時間どおり
じかん
ji.ka.n.do.o.ri.

準點

ボーディングカード／搭乗券
とうじょうけん
bo.o.di.n.gu./ka.a.do./to.u.jo.u.ke.n.

登機證

引換証
ひきかえしょう
hi.ki.ka.e.sho.u.

行李認領單

ゲート
ge.e.to.

登機門

乗り継ぎ
のつ
no.ri.tsu.gi.

轉機

スケール
su.ke.e.ru.

(行李)磅秤

手荷物
てにもつ
te.ni.mo.tsu.

隨身行李

ターミナル
ta.a.mi.na.ru.
航站

アナウンス
a.na.u.n.su.
登機前的廣播

キャビンアテンダント
kya.bi.n.a.te.n.da.n.to.
空服員

あんぜん
安全ベルト
a.n.ze.n.be.ru.to.
安全帶

パイロット
pa.i.ro.tto.
駕駛員

ぜいかん
税関
ze.i.ka.n.
海關

じょうきゃく
乗客
jo.u.kya.ku.
乘客

track 跨頁共同導讀 020

りりく しゅっぱつ
離陸／出発

ri.ri.ku./shu.ppa.tsu.

起飛

もくてきち
目的地

mo.ku.te.ki.chi.

目的地

にゅうこくしんさ
入国審査

nyu.u.ko.ku.shi.n.sa.

入境檢查

にゅうこく
入国カード

nyu.u.ko.ku.ka.a.do.

入境申請書

けんえき
検疫

ke.n.e.ki.

檢疫

在 飛機上

● 找位子

實用短句

▶ 私の席はどこですか。

wa.ta.shi.no./se.ki.wa./do.ko.de.su.ka.

(拿著登機證)請問我的位子在哪裡？

▶ 私の席はどっちですか。

wa.ta.shi.no./se.ki.wa./do.cchi.de.su.ka.

(找到座位排數後)請問我的位子是哪一個？

▶ すみません、ここは私の座席だと思いますが。

su.mi.ma.se.n./ko.ko.wa./wa.ta.shi.no./za.se.ki.da.to./o.mo.i.ma.su.ga.

不好意思，這是我的位子。

▶ 座席を変えていただけますか。

za.se.ki.o./ka.e.te./i.ta.da.ke.ma.su.ka.

(對空姐)我可以換位子嗎？

▶ 席を変わっていただけませんか。

se.ki.o./ka.wa.tte./i.ta.da.ke.ma.se.n.ka.

(對其他乘客)我可以和你換位子嗎？

track 跨頁共同導讀 021

▶ 後ろに空きがあるようですけど、そっちに移ってもいいですか。

u.shi.ro.ni./a.ki.ga.a.ru.yo.u.de.su.ke.do./so.cchi.ni./u.tsu.tte.mo./i.i.de.su.ka.

我看後面還有空位，可以換到那裡坐嗎？

▶ 私の席が壊れているようです。

wa.ta.shi.no./se.ki.ga./ko.wa.re.te./i.ru.yo.u.de.su.

我的座椅好像壞了。

▶ 私のバッグを入れる場所を探してもらえますか。

wa.ta.shi.no./ba.ggu.o./i.re.ru.ba.sho.o./sa.ga.shi.te./mo.ra.e.ma.su.ka.

可以幫我找地方放包包嗎？

▶ すみませんが、シート番号を確認してもらえますか。

su.mi.ma.se.n.ga./shi.i.to.ba.n.go.u.o./ka.ku.ni.n.shi.te./mo.ra.e.ma.su.ka.

不好意思，可以幫我確認一下座位嗎？

▶ 多分、ここは私の席です。

ta.bu.n./ko.ko.wa./wa.ta.shi.no./se.ki.de.su.

(座位上有人時)這好像是我的位子。

● 機內服務

實用短句

▶すみませんが、まくらと毛布を頂けますか。

su.mi.ma.se.n.ga./ma.ku.ra.to./mo.u.fu.o./i.ta.da.ke.ma.su.ka.

不好意思，請給我枕頭和毯子。

▶毛布を一枚いただけませんか。

mo.u.fu.o./i.chi.ma.i./i.ta.da.ke.ma.se.n.ka.

可以給我一條毯子嗎？

▶中国語を話せる人はいますか。

chu.u.go.ku.go.o./ha.na.se.ru.hi.to.wa./i.ma.su.ka.

是否有會說中文的服務人員。

▶中国語の新聞はありますか。

chu.u.go.ku.go.no./shi.n.bu.n.wa./a.ri.ma.su.ka.

有中文報紙嗎？

▶コーヒーください。

ko.o.hi.i./ku.da.sa.i.

請給我咖啡。

▶水が欲しいのですが。

mi.zu.ga./ho.shi.i.no./de.su.ga.

請給我水。

track 跨頁共同導讀 022

▶ コーラはありますか。

ko.o.ra.wa./a.ri.ma.su.ka.

請問有可樂嗎？

▶ 何か飲み物をもらえませんか。

na.ni.ka./no.mi.mo.no.o./mo.ra.e.ma.se.n.ka.

可以給我飲料嗎？

▶ 食事はいつ出ますか。

sho.ku.ji.wa./i.tsu.de.ma.su.ka.

請問何時會供餐？

▶ どんなビーフ料理ですか。

do.n.na./bi.i.fu.ryo.u.ri.de.su.ka.

牛肉餐是哪一種煮法？

▶ ビーフをいただきます。

bi.i.fu.o./i.ta.da.ki.ma.su.

我要牛肉餐。

▶ 飛行機酔いのようです。

hi.ko.u.ki.yo.i.no.yo.u.de.su.

我暈機了。

▶ この書類の書き方を教えてもらえますか。

ko.no.sho.ru.i.no./ka.ki.ka.ta.o./o.shi.e.te./mo.ra.e.ma.su.ka.

(填寫入境申請單時)能不能告訴我這個表格怎麼填寫。

▶ペンをお借りできますか。

pe.n.o./o.ka.ri.de.ki.ma.su.ka.

可否借我一支筆。

▶今どこを飛んでいるんですか。

i.ma./do.ko.o./to.n.de.i.ru.n./de.su.ka.

我們現在在哪裡的上空？

023 track

● 機上購物

(實用短句)

▶商品番号33番を一つ下さい。

sho.u.hi.n.ba.n.go.u./sa.n.ju.u.sa.n.ba.n.o./hi.to.
tsu.ku.da.sa.i.

請給我一個33號商品。

▶台湾ドルは使えますか。

ta.i.wa.n.do.ru.wa./tsu.ka.e.ma.su.ka.

可以用台幣嗎？

▶クレジットカードは使えますか。

ku.re.ji.tto./ka.a.do.wa./tsu.ka.e.ma.su.ka.

可以刷卡嗎？

track 跨頁共同導讀 023

▶ それを見せてください。

so.re.o./mi.se.te.ku.da.sa.i.

(指著商品)請給我看那個。

 track 024

● 機內對話

實用短句

▶ すみません。通してもらえますか。

su.mi.ma.se.n./to.o.shi.te.mo.ra.e.ma.su.ka.

不好意思，借過。

▶ バッグを入れる場所が見つからないの
ですが。

ba.ggu.o./i.re.ru.ba.sho.ga./mi.tsu.ka.ra.na.i.no.
de.su.ga.

我找不到地方放行李。

▶ 私のかばんが見つかりません。

wa.ta.shi.no./ka.ba.n.ga./mi.tsu.ka.ri.ma.se.n.

我找不到我的行李。

▶ 荷物を機内に忘れてしまいました。

ni.mo.tsu.o./ki.na.i.ni./wa.su.re.te./shi.ma.i.ma.
shi.ta.

我把行李忘在飛機上了。

● 兌換外幣

實用短句

▶ 両替所はどこですか。

ryo.u.ga.e.jo.wa./do.ko.de.su.ka.

請問兌換外幣的地方在哪裡？

▶ レートはいくらですか。

re.e.to.wa./i.ku.ra.de.su.ka.

請問匯率是多少？

▶ 台湾ドルを日本円に両替してください。

ta.i.wa.n.do.ru.o./ni.ho.n.e.n.ni./ryo.u.ga.e.shi.te./ku.da.sa.i.

請幫我把台幣換成日圓。

▶ 小銭を混ぜて頂きたいのですが。

ko.ze.ni.o./ma.ze.te./i.ta.da.ki.ta.i.no.de.su.ga.

請換一些零鈔給我。

▶ 1万円札10枚、千円札20枚ください。

i.chi.ma.n.e.n.sa.tsu./ju.u.ma.i./se.n.e.n.sa.tsu/ni.ju.u.ma.i./ku.da.sa.i.

請給我10張萬元鈔，20張千元鈔。

▷數字相關單字

まる/ゼロ/れい
ma.ru./ze.ro./re.i.

零

いち
一
i.chi.

一

に
二
ni.

二

さん
三
sa.n.

三

よん　し
四／四
yo.n./shi.

四

ご
五
go.

五

ろく
六
ro.ku.

六

しち／なな
七／七
shi.chi./na.na.
七

はち
八
ha.chi.
八

きゅう／く
九／九
kyu.u./ku.
九

じゅう
十
ju.u.
十

にじゅう
二十
ni.ju.u.
二十

きゅうじゅう
九十
kyu.u.ju.u.
九十

ひゃく
百
hya.ku.
百

さんびゃく
三百
sa.n.bya.ku.
三百

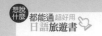

track 跨頁共同導讀 025

六百
ro.ppya.ku.
六百

八百
ha.ppya.ku.
八百

千
se.n.
千

三千
sa.n.ze.n.
三千

万
ma.n.
萬

百万
hya.ku.ma.n.
百萬

億
o.ku.
億

基礎會話短句 訂機票 訂旅館 在機場 **在飛機上** 交通 在旅館 餐廳 購物 觀光景點 生病 請求協助

▷常用貨幣相關單字

つうか
通貨
tsu.u.ka.

貨幣

にほんえん
日本円
ni.ho.n.e.n.

日圓

じんみんげん
人民元
ji.n.mi.n.ge.n.

人民幣

ほんこん
香港ドル
ho.n.ko.n.do.ru.

港幣

たいわん
ニュー台湾ドル
nyu.u./ta.i.wa.n./do.ru.

新台幣

ウォン
wo.n.

韓圜

ユーロ
yu.u.ro.

歐元

track 跨頁共同導讀 025

ポンド
po.n.do.
英磅

US ドル(米ドル)
yu.e.su.do.ru./be.i.do.ru.
美金

シンガポールドル
shi.n.ga.po.o.ru./do.ru.
新加坡幣

カナダドル
ka.na.da.do.ru.
加拿大幣

オーストラリア・ドル
o.o.su.to.ra.ri.a./do.ru.
澳幣

ニュージーランド・ドル
nyu.u.ji.i.ra.n.do./do.ru.
紐西蘭幣

クローネ
ku.ro.o.ne.
克羅納(丹麥、挪威的貨幣單位)

デンマーク・クローネ
de.n.ma.a.ku./ku.ro.o.ne.

丹麥幣

ノルウェー・クローネ
no.ru.we.e./ku.ro.o.ne.

挪威幣

スウェーデン・クローナ
su.we.e.de.n./ku.ro.o.na.

瑞典幣

ペソ
pe.so.

披索(中南美及菲律賓貨幣單位)

交 通

● 計程車

實用短句

▶ タクシー乗り場はどこですか。

ta.ku.shi.i./no.ri.ba.wa./do.ko.de.su.ka.

請問計程車招呼站在哪裡？

▶ タクシーを呼んで貰えますか。

ta.ku.shi.i.o./yo.n.de./mo.ra.e.ma.su.ka.

可以幫我叫計程車嗎？

▶ プリンスホテルまでお願いします。

pu.ri.n.su.ho.te.ru.ma.de./o.ne.ga.i.shi.ma.su.

我要到王子飯店。

▶ 住所はここです。

ju.u.sho.wa./ko.ko.de.su.

(拿地址)這是地址。

▶ ホテルまで何分くらいかかりますか。

ho.te.ru.ma.de./na.n.bu.n.ku.ra.i./ka.ka.ri.ma.su. ka.

到飯店需要幾分鐘？

▶ だいたいどのくらいの金額ですか。

da.i.ta.i./do.no.ku.ra.i.no./ki.n.ga.ku.de.su.ka.

(到目的地)大約需要多少錢？

▶ 荷物をトランクに入れて下さい。

ni.mo.tsu.o./to.ra.n.ku.ni./i.re.te./ku.da.sa.i.

請幫我把行李放到後車廂。

▶ 急いでいます。

i.so.i.de.i.ma.su.

我趕時間。

▶ もっとゆっくり走ってください。

mo.tto./yu.kku.ri./ha.shi.tte./ku.da.sa.i.

請開慢一點。

▶ このホテルじゃありませんよ。

ko.no.ho.te.ru./ja.a.ri.ma.se.n.yo.

我不是要到這家飯店。

▶ ここで止めてください。

ko.ko.de./to.me.te./ku.da.sa.i.

我要在這裡下車。

▶ お釣りは結構です。

o.tsu.ri.wa./ke.kko.u.de.su.

不用找錢了。

▶ 料金がメーターと違いますが。

ryo.u.ki.n.ga./me.e.ta.a.to./chi.ga.i.ma.su.ga.

你說的金額和計價錶上的價錢不同。

•巴士、電車

實用短句

▶バス乗り場はどこですか。

ba.su.no.ri.ba.wa./do.ko.de.su.ka.

公車站在哪裡？

▶バスの運賃はおいくらですか。

ba.su.no./u.n.chi.n.wa./o.i.ku.ra.de.su.ka.

公車的票錢是多少？

▶清水寺にとまりますか。

ki.yo.mi.zu.de.ra.ni./to.ma.ri.ma.su.ka.

(這台車)有停清水寺嗎？

▶往復切符をください。

o.u.fu.ku./ki.ppu.o./ku.da.sa.i.

我要買來回票。

▶片道切符をください。

ka.ta.mi.chi./ki.ppu.o./ku.da.sa.i.

我要買單程票。

▶大阪駅までお願いします。

o.o.sa.ka.e.ki.ma.de./o.ne.ga.i.shi.ma.su.

(買票)到大阪車站。

track 跨頁共同導讀 027

▶バスの路線図はありますか。

ba.su.no./ro.se.n.zu.wa./a.ri.ma.su.ka.

有公車路線圖嗎？

▶この切符は、途中下車や再乗車は出来ますか。

ko.no.ki.ppu.wa./to.chu.u.ge.sha.ya./sa.i.jo.u.sha.wa./de.ki.ma.su.ka.

這張車票，可以中途下車或是重複乘坐嗎？

▶一日券はありますか。

i.chi.ni.chi.ke.n.wa./a.ri.ma.su.ka.

有一日券嗎？

▶このバスは、名古屋駅まで行きますか。

ko.no.ba.su.wa./na.go.ya.e.ki.ma.de./i.ki.ma.su.ka.

這台公車會到名古屋車站嗎？

▶このバスは、祇園の近くに停車しますか。

ko.no.ba.su.wa./gi.o.n.no./chi.ka.ku.ni./te.i.sha.shi.ma.su.ka.

這台公車會停祇園附近嗎？

▶ 次の東京駅行きのバスはいつ出発ですか。

tsu.gi.no./to.u.kyo.u.e.ki.yu.ki.no./ba.su.wa./i.tsu.shu.ppa.tsu.de.su.ka.

下一班往東京車站的公車是幾點發車？

▶ 博多駅には、いつ到着しますか。

ha.ka.ta.e.ki.ni.wa./i.tsu./to.u.cha.ku.shi.ma.su.ka.

幾點會到博多車站？

▶ ここで降ります。

ko.ko.de./o.ri.ma.su.

我要在這裡下車。

▶ 金閣寺に行くには、どのバス停で降りますか。

ki.n.ka.ku.ji.ni./i.ku.ni.wa./do.no.ba.su.te.i.de./o.ri.ma.su.ka.

要到金閣寺的話，該在哪一站下車？

▶ 上野動物園に行きたいのですが、近くのバス停まで来たら教えてください。

u.e.no.do.u.bu.tsu.e.n.ni./i.ki.ta.i.no.de.su.ga./chi.ka.ku.no./ba.su.tei.i.ma.de./ki.ta.ra./o.shi.e.te.ku.da.sa.i.

(在公車上)我想到上野動物園，到最近的站時請告訴我。

基礎會話短句 訂機票 訂旅館 在機場 在飛機上 交通 在旅館 餐廳 購物 觀光景點 生病 請求協助

track 跨頁共同導讀 027

▶ 地下鉄の駅はどこですか。

chi.ka.te.tsu.no./e.ki.wa./do.ko.de.su.ka.

地下鐵的車站在哪裡？

▶ 指定席はありますか。

shi.te.i.se.ki.wa./a.ri.ma.su.ka.

有對號座嗎？

▶ 明日東京に行きたいのです。列車の
時刻を教えてください。

a.shi.ta./to.u.kyo.u.ni./i.ki.ta.i.no.de.su./re.ssha.
no.ji.ko.ku.o./o.shi.e.te.ku.da.sa.i.

我明天想到東京，請告訴我列車的時刻。

▶ このきっぷをグリーン車に変えたいの
ですが。

ko.no.ki.ppu.o./gu.ri.i.n.sha.ni./ka.e.ta.i.no.de.
su.ga.

我想把這張車票升等成商務車廂(グリーン
車：商務車廂)。

▶ 直行列車ありますか。

cho.kko.u.re.ssha./a.ri.ma.su.ka.

有直達列車嗎？

▶ この列車は東京に直行しますか。

ko.no.re.ssha.wa./to.u.kyo.u.ni./cho.kko.u.shi.
ma.su.ka.

這列車是直行東京嗎？

► もっと速い列車はありませんか。

mo.tto./ha.ya.i.re.ssha.wa./a.ri.ma.se.n.ka.

有更快的列車嗎？

► 東京行きの始発列車は何時に出ますか。

to.u.kyo.u.yu.ki.no./shi.ha.tsu.re.ssha.wa./na.n.ji.ni.de.ma.su.ka.

往東京的第一班車是幾點發車？

► 大阪行きの最終列車は何時に出ますか。

o.o.sa.ka.yu.ki.no./sa.i.shu.u.re.ssha.wa./na.n.ji.ni./de.ma.su.ka.

往大阪的最後一班車是幾點？

► 名古屋行きの次の列車は何時に出ますか。

na.go.ya.yu.ki.no./tsu.gi.no./re.ssha.wa./na.n.ji.ni.de.ma.su.ka.

往名古屋的下一班車是幾點？

► 列車は定刻に出ますか。

re.ssha.wa./te.i.ko.ku.ni./de.ma.su.ka.

列車會準時嗎？

► 電車の路線図をもらえますか。

de.n.sha.no./ro.se.n.zu.o./mo.ra.e.ma.su.ka.

可以給我電車的路線圖嗎？

基礎會話短句｜訂機票｜訂旅館｜在機場｜在飛機上｜交通｜在旅館｜餐廳｜購物｜觀光景點｜生病｜請求協助

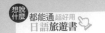
track 跨頁共同導讀 027

▶ 時刻表を見せて下さい。

ji.ko.ku.hyo.u.o/mi.se.te./ku.da.sa.i.

請給我看時刻表。

▶ 原宿に行くにはどの電車に乗ったらいいですか。

ha.ra.ju.ku.ni./i.ku.ni.wa./do.no.de.n.sha.ni./no.tta.ra./i.i.de.su.ka.

要到原宿該搭哪一班車呢?

▶ 次の駅は新大久保ですか。

tsu.gi.no.e.ki.wa./shi.n.o.o.ku.bo.de.su.ka.

下一站是新大久保嗎?

▶ このきっぷを取り消せますか。

ko.no.ki.ppu.o./to.ri.ke.se.ma.su.ka.

這張票可以退嗎?

▶ 途中下車できますか。

to.chu.u.ge.sha.de.ki.ma.su.ka.

可以中途出站嗎?

▶ このきっぷで途中下車は出来ますか。

ko.no.ki.ppu.de./to.chu.u.ge.sha.wa./de.ki.ma.su.ka.

拿這張票可以中途出站嗎?

▶ 新宿に行くのに乗り換えなくてはいけませんか。

shi.n.ju.ku.ni./i.ku.no.ni./no.ri.ka.e.na.ku.te.wa./i.ke.ma.se.n.ka.

去新宿一定要轉車嗎？

▶ 新横浜行きの列車はこの駅に止まりますか。

shi.n.yo.ko.ha.ma.yu.ki.no./re.ssha.wa./ko.no.e.ki.ni./to.ma.ri.ma.su.ka.

往新橫濱的車會停這個站嗎？

▶ この列車は毎日ありますか。

ko.no.re.ssha.wa./ma.i.ni.chi.a.ri.ma.su.ka.

這班車是每天都有嗎？

▶ きっぷは何日間有効ですか。

ki.ppu.wa./na.n.ni.chi.ka.n./yu.u.ko.u.de.su.ka.

請問車票是幾日內有效？

▶ きっぷ売り場はどこですか。

ki.ppu.u.ri.ba.wa./do.ko.de.su.ka.

售票處在哪裡？

▶ 新幹線のきっぷはどこで買えますか。

shi.n.ka.n.se.n.no./ki.ppu.wa./do.ko.de./ka.e.ma.su.ka.

新幹線的車票要在哪裡買？

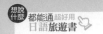

track 跨頁共同導讀 027

▶ 東京駅までお願いします。

to.u.kyo.u.e.ki.ma.de./o.ne.ga.i.shi.ma.su.

我要買到東京車站的車票。

▶ 名古屋まで往復いくらですか。

na.go.ya.ma.de./o.u.fu.ku./i.ku.ra.de.su.ka.

到名古屋的來回票是多少錢？

▶ 札幌行きの寝台車はありますか。

sa.ppo.ro.yu.ki.no./shi.n.da.i.sha.wa./a.ri.ma.su.
ka.

有到札幌的臥舖車嗎？

▶ 急行寝台料金はいくらですか。

kyu.u.ko.u.shi.n.da.i.ryo.u.ki.n.wa./i.ku.ra.de.
su.ka.

快速臥舖車的價格是多少？

▶ 大阪まで往復、大人2枚。

o.o.sa.ka.ma.de./o.u.fu.ku./o.to.na.ni.ma.i.

大阪來回、成人兩張。

▶ 次の札幌行きの列車はいつですか。

tsu.gi.no./sa.ppo.ro.yu.ki.no.re.ssha.wa./i.tsu.
de.su.ka.

下一班往札幌的火車是幾點？

▶ 京都行きの列車はどのホームから出るのですか。

kyo.u.to.yu.ki.no./re.ssha.wa./do.no.ho.o.mu.ka.ra./de.ru.no.de.su.ka.

往京都的火車是在哪個月台？

▶ この電車は何番線から出ますか。

ko.no.de.n.sha.wa./na.n.ba.n.se.n.ka.ra./de.ma.su.ka.

(指著車票或時刻表)這班火車是在哪個月台？

▶ ここはなんという駅ですか。

ko.ko.wa./na.n.to.i.u.e.ki.de.su.ka.

這站的站名是什麼？

▶ 次の大阪行きの電車はいつ出発しますか。

tsu.gi.no./o.o.sa.ka.yu.ki.no./de.n.sha.wa./i.tsu.shu.ppa.tsu.shi.ma.su.ka.

下一班往大阪的電車是幾點出發？

▶ 乗り継ぎをする駅の名前はなんですか。

no.ri.tsu.gi.o./su.ru.e.ki.no./na.ma.e.wa./na.n.de.su.ka.

轉車的車站，站名是什麼？

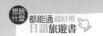
track 跨頁共同導讀 027

▶ どのホームから出発しますか。

do.no.ho.o.mu.ka.ra./shu.ppa.tsu./shi.ma.su.ka.

是從哪個月台發車的？

▶ 列車は何時に東京に到着しますか。

re.ssha.wa./na.n.ji.ni./to.u.kyo.u.ni./to.u.cha.ku.
shi.ma.su.ka.

列車幾點會到東京呢？

▶ 新宿までのきっぷしかないのですが、いくら不足していますか。

shi.n.ju.ku.ma.de.no./ki.ppu.shi.ka.na.i.no.de.
su.ga./i.ku.ra./fu.so.ku.shi.te.i.ma.su.ka.

我只買了到新宿的車票，還要補多少錢？

▶ ディズニーランドへ行くにはどこで乗り換えるのですか。

di.zu.ni.i.ra.n.do.e./i.ku.ni.wa.do.ko.de./no.ri.
ka.e.ru.no.de.su.ka.

往迪士尼，該在哪裡轉車？

▶ その駅はいくつ目ですか。

so.no.e.ki.wa./i.ku.tsu.me.de.su.ka.

那個車站是第幾站？

▶ どこで降りるか教えてくれますか。

do.ko.de./o.ri.ru.ka./o.shi.e.te.ku.re.ma.su.ka.

請告訴我在哪一站下車。

▶列車にバッグを置き忘れてきました。

re.ssha.ni./ba.ggu.o./o.ki.wa.su.re.te./ki.ma.shi.ta.

我把包包忘在火車上了。

▶ここに座ってもいいですか。

ko.ko.ni./su.wa.tte.mo.i.i.de.su.ka.

我可以坐這裡嗎？

▶すみません、この席、人がいるんです。

su.mi.ma.se.n./ko.no.se.ki./hi.to.ga./i.ru.n.de.su.

不好意思，這個位子有人坐。

▶電車に忘れ物をしたのですが。

de.n.sha.ni./wa.su.re.mo.no.o./shi.ta.no.de.su.ga.

我把東西忘在電車上了。

▶乗り過ごしてしまったのですが。

no.ri.su.go.shi.te./shi.ma.tta.no.de.su.ga.

我坐過站了。

▶乗り遅れてしまったのですが。

no.ri.o.ku.re.te./shi.ma.tta.no.de.su.ga.

我錯過車了。

track 028

▷關東主要電車、地鐵路線

ぎんざせん
銀座線

gi.n.za.se.n.

銀座線

まるのうちせん
丸ノ内線

ma.ru.no.u.chi.se.n.

丸之內線

ひびやせん
日比谷線

hi.bi.ya.se.n.

日比谷線

とうざいせん
東西線

to.u.za.i.se.n.

東西線

ちよだせん
千代田線

chi.yo.da.se.n.

千代田線

ゆうらくちょうせん
有楽町線

yu.u.ra.ku.cho.u.se.n.

有樂町線

はんぞうもんせん
半蔵門線

ha.n.zo.u.mo.n.se.n.

半藏門線

なんぼくせん
南北線
na.n.bo.ku.se.n.

南北線

ふくとしんせん
副都心線
fu.ku.to.shi.n.se.n.

副都心線

あさくさせん
浅草線
a.sa.ku.sa.se.n.

淺草線

みたせん
三田線
mi.ta.se.n.

三田線

しんじゅくせん
新宿線
shi.n.ju.ku.se.n.

新宿線

おおえどせん
大江戸線
o.o.e.do.se.n.

大江戸線

やまのてせん
山手線
ya.ma.no.te.se.n.

山手線

おだわらせん
小田原線
o.da.wa.ra.se.n.

小田原線

基礎會話短句 訂機票 訂旅館 在機場 在飛機上 交 通 在旅館 餐 廳 購 物 觀光景點 生 病 請求協助

江ノ島線
e.no.shi.ma.se.n.

江之島線

▷大阪主要電車、地鐵路線

大阪環状線
o.o.sa.ka./ka.n.jo.u.se.n.

大阪環狀線

御堂筋線
mi.do.u.su.ji.se.n.

御堂筋線

谷町線
ta.ni.ma.chi.se.n.

谷町線

四つ橋線
yo.tsu.ba.shi.se.n.

四橋線

中央線
chu.u.o.u.se.n.

中央線

千日前線
se.n.ni.chi.ma.e.se.n.

千日前線

さかいすじせん
堺筋線
sa.ka.i.su.ji.se.n.

堺筋線

ながほりつるみりょくちせん
長堀鶴見緑地線
na.ga.ho.ri.tsu.ru.mi.ryo.ku.chi.se.n.

長堀鶴見緑地線

いまざとすじせん
今里筋線
i.ma.za.to.su.ji.se.n.

今里筋線

▷京都主要電車、地鐵路線

からすません
烏丸線
ka.ra.su.ma.se.n.

烏丸線

とうざいせん
東西線
to.u.za.i.se.n.

東西線

きんてつ
近鉄
ki.n.te.tsu.

近鐵電鐵

けいはん
京阪
ke.i.ha.n.

京阪電鐵

track 跨頁共同導讀 028

らんでん
嵐電
ra.n.de.n.

嵐山電鐵

えいざんでんてつ
叡山電鉄
e.i.za.n.de.n.te.tsu.

叡山電鐵

さ が の かんこうてつどう
嵯峨野観光鉄道
sa.ga.no.ka.n.ko.u.te.tsu.do.u.

嵯峨野觀光鐵路

▷名古屋主要地鐵路線

ひがしやません
東山線
hi.ga.shi.ya.ma.se.n.

東山線

めいじょうせん
名城線
me.i.jo.u.se.n.

名城線

めいこうせん
名港線
me.i.ko.u.se.n.

名港線

つるまいせん
鶴舞線
tsu.ru.ma.i.se.n.

鶴舞線

うえいいだせん
上飯田線
u.e.i.i.da.se.n.
上飯田線

▷交通工具相關單字

じてんしゃ
自転車
ji.te.n.sha.
腳踏車

ママチャリ
ma.ma.cha.ri.
主婦騎的腳踏車

さんりんしゃ
三輪車
sa.n.ri.n.sha.
三輪腳踏車

バイク
ba.i.ku.
摩托車

げんつき
原付/スクーター
ge.n.tsu.ki./su.ku.u.ta.a.
輕型機車

さんりん
三輪バイク
sa.n.ri.n.ba.i.ku.
三輪摩托車

track 跨頁共同導讀 028

自動車
じどうしゃ
ji.do.u.sha.
汽車

乗用車
じょうようしゃ
jo.u.yo.u.sha.
轎車

軽自動車
けいじどうしゃ
ke.i.ji.do.u.sha.
小型轎車（660cc以下）

オープンカー
o.o.pu.n.ka.a.
敞篷車

スポーツカー
su.po.o.tsu.ka.a.
跑車

リムジン
ri.mu.ji.n.
豪華轎車

救急車
きゅうきゅうしゃ
kyu.u.kyu.u.sha.
救護車

消防車
しょうぼうしゃ
sho.u.bo.u.sha.
消防車

パトカー
pa.to.ka.a.
警車／巡邏車

船
fu.ne.
船

ジェットボート
je.tto.bo.o.to.
噴射艇

貨物船
ka.mo.tsu.se.n.
貨輪

ヨット
yo.tto.
遊艇／帆船

飛行機
hi.ko.u.ki.
飛機

ヘリコプター／ヘリ
he.ri.ko.pu.ta.a./he.ri.
直昇機

ジェット機
je.tto.ki.
噴射機

基礎會話短句｜訂機票｜訂旅館｜在機場｜在飛機上｜交通｜在旅館｜餐廳｜購物｜觀光景點｜生病｜請求協助

track 跨頁共同導讀 028

しんかんせん
新幹線
shi.n.ka.n.se.n.
新幹線（高速鐵路）

▷大眾運輸相關單字

バス
ba.su.
公共汽車

やこう
夜行バス
ya.ko.u.ba.su.
夜間巴士

こうそく
高速バス
ko.u.so.ku.ba.su.
長途巴士

かいそく
快速バス
ka.i.so.ku.ba.su.
快速公車

ろせん
路線バス
ro.se.n.ba.su.
短程公車

に かい だ
二階建てバス
ni.ka.i.da.te.ba.su.
雙層公共汽車

くうこう
空港バス
ku.u.ko.u.ba.su.

機場巴士

こがた
小型バス
ko.ga.ta.ba.su.

小巴

シャトルバス
sha.to.ru.ba.su.

短程接駁交通車

タクシー
ta.ku.shi.i.

計程車

しゃりょう
車両
sha.ryo.u.

車廂

きしゃ
汽車
ki.sha.

火車

れっしゃ
列車
re.ssha.

載客火車

ちかてつ
地下鉄
chi.ka.te.tsu.

地下鐵

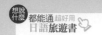

ろめんでんしゃ
路面電車

ro.me.n.de.n.sha.

路面電車

▷大眾交通常用單字

せん
線

se.n.

線（火車的路線）

じこくひょう
時刻表

ji.ko.ku.hyo.u.

時刻表

おうふく
往復

o.u.fu.ku.

來回

かたみち
片道

ka.ta.mi.chi.

單程

はら　もど
払い戻し

ha.ra.i.mo.do.shi.

退票

の　か
乗り換え

no.ri.ka.e.

換車

あんないしょ
案内所

a.n.na.i.sho.

詢問處

おく
遅れ

o.ku.re.

誤點

りょうきん
料金

ryo.u.ki.n.

票價

お釣りは出ません。

o.tsu.ri.wa./de.ma.se.n.

恕不找零

トランク

to.ra.n.ku.

行李箱

シートベルト

shi.i.to.be.ru.to.

安全帶

ゆうせんせき
優先席

yu.u.se.n.se.ki.

博愛座

バス停

ba.su.te.i.

公車站牌

track 跨頁共同導讀 028

バス案内所
ba.su.a.n.na.i.jo.

公車詢問處

乗りば
no.ri.ba.

上車處

右側通行
mi.gi.ga.wa.tsu.u.ko.u.

靠右通行

精算機
se.i.sa.n.ki.

補票機

自由席
ji.yu.u.se.ki.

自由座

指定席
shi.te.i.se.ki.

對號座

グリーン席
gu.ri.i.n.se.ki.

商務車廂座位

周遊券
shu.u.yu.u.ke.n.

套票（可在期間內無限搭乘）

いちにちけん
一日券
i.chi.ni.chi.ke.n.

一日券

きんえんせき
禁煙席
ki.n.e.n.se.ki.

禁菸區座位

きつえんせき
喫煙席
ki.tsu.e.n.se.ki.

吸菸區座位

しはつ
始発
shi.ha.tsu.

頭班車

しゅうでん
終電
shu.u.de.n.

末班車

くうせき
空席
ku.u.se.ki.

空位

コインロッカー
ko.i.n./ro.kka.a.

投幣式置物櫃

かんこうあんないじょ
観光案内所
ka.n.ko.u./a.n.na.i.jo.

遊客服務中心

お問い合わせ
o.to.i.a.wa.se.

詢問處

サービスセンター
sa.a.bi.su./se.n.ta.a.

服務中心

改札口
ka.i.sa.tsu.gu.chi.

剪票口

自動改札口
ji.do.u./ka.i.sa.tsu.gu.chi.

自動感應票口

乗車券
jo.u.sha.ke.n.

車票

運賃
u.n.chi.n.

車資

ダイヤ
da.i.ya.

時刻表

▷交通狀況相關單字

乱れる
みだ
mi.da.re.ru.

打亂

立往生
たちおうじょう
ta.chi.o.u.jo.u.

故障停在路中

渋滞
じゅうたい
ju.u.ta.i.

塞車

帰省ラッシュ
きせい
ki.se.i.ra.sshu.

返鄉潮

Uターン
yu.ta.a.n.

回到城市的車潮

高速道路
こうそくどうろ
ko.u.so.ku.do.u.ro.

高速公路

高速道路料金
こうそくどうろりょうきん
ko.o.so.ku.do.u.ro.ryo.u.ki.n.

過路費

track 跨頁共同導讀 028

交通事故
ko.u.tsu.u.ji.ko.
交通事故

ひき逃げ
hi.ki.ni.ge.
肇事逃逸

はねられる
ha.ne.ra.re.ru.
被撞

轢かれる
hi.ka.re.ru.
被輾

歩行者
ho.ko.u.sha.
行人

通行人
tsu.u.ko.u.ni.n
路人

● 問路

実用短句

▶ すみませんが、上野動物園への道を教えてください。

su.mi.ma.se.n.ga./u.e.no.do.u.bu.tsu.e.n.e./no.mi.chi.o./o.shi.e.te.ku.da.sa.i.

不好意思,請問往上野動物園該怎麼走?

▶ 道に迷ったのですが、この地図ではここはどこですか。

mi.chi.ni./ma.yo.tta.no.de.su.ga./ko.no.chi.zu.de.wa./ko.ko.wa./do.ko.de.su.ka.

我迷路了,這個地方在地圖上的哪裡呢?

▶ 美術館へ行く近道を教えてください。

bi.ju.tsu.ka.n.e./i.ku./chi.ka.mi.chi.o./o.shi.e.te.ku.da.sa.i.

請告訴我往美術館,該怎麼走比較快。

▶ 上野公園へ行くのですが、道は合ってますか。

u.e.no.ko.u.e.n.e./i.ku.no.de.su.ga./mi.chi.wa./a.tte.ma.su.ka.

我要去上野公園,這條路對嗎?

track 跨頁共同導讀 029

▶ この近くにスーパーはありますか。

ko.no.chi.ka.ku.ni./su.u.pa.a.wa./a.ri.ma.su.ka.

這附近有超市嗎?

▶ この町のお薦めの博物館を教えてください。

ko.no.ma.chi.no./o.su.su.me.no./ha.ku.bu.tsu.
ka.n.no./o.shi.e.te./ku.da.sa.i.

這個城市有沒有什麼推薦的博物館?

▶ どのように行けばよいですか。

do.no.yo.u.ni./i.ke.ba.yo.i.de.su.ka.

該怎麼走呢?

▶ 歩いて行ける距離ですか。

a.ru.i.te./i.ke.ru./kyo.ri.de.su.ka.

用走的可以到嗎?

▶ 町の地図か観光案内はありますか。

ma.chi.no./chi.zu.ka./ka.n.ko.u.a.n.na.i.wa./a.ri.
ma.su.ka.

請問有這個城市的地圖或是觀光簡介嗎?

▶ この地図に印を付けてもらえますか。

ko.no.chi.zu.ni./shi.ru.shi.o./tsu.ke.te./mo.ra.e.
ma.su.ka.

可以幫我在這張地圖上做記號嗎?

▶ すみません、井の頭公園はどこですか。

su.mi.ma.se.n./i.no.ka.shi.ra.ko.u.e.n.wa./do.ko.de.su.ka.

不好意思，請問井之頭公園在哪裡？

▶ ここはどこですか。

ko.ko.wa./do.ko.de.su.ka.

請問這裡是哪裡？

▶ すみません、プリンスホテルにはどのように行けば良いか教えてください。

su.mi.ma.se.n./pu.ri.n.su.ho.te.ru.ni.wa./do.no.yo.u.ni./i.ke.ba./yo.i.ka./o.shi.e.te.ku.da.sa.i.

不好意思，請問要到王子飯店該怎麼走？

▶ 通天閣への行き方を教えてもらえませんか。

tsu.u.te.n.ka.ku.e.no./yu.ki.ka.ta.o./o.shi.e.te./mo.ra.e.ma.se.n.ka.

請告訴我通天閣怎麼走。

▶ すみません、この近くにトイレはありますか。

su.mi.ma.se.n./ko.no.chi.ka.ku.ni./to.i.re.wa./a.ri.ma.su.ka.

不好意思，請問附近有洗手間嗎？

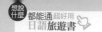

track 跨頁共同導讀 029

▶ 一番近い駅は何処ですか。

i.chi.ba.n.chi.ka.i.e.ki.wa./do.ko.de.su.ka.

請問最近的車站在哪裡？

▶ ここは何ていう通りですか。

ko.ko.wa./na.n.te.i.u./to.o.ri.de.su.ka.

請問這條是什麼路？

▶ お台場に行きたいのですが、どの道を通ったら良いですか。

o.da.i.ba.ni./i.ki.ta.i.no.de.su.ga./do.no.mi.chi.o./to.o.tta.ra./i.i.de.su.ka.

我想去台場，請問該走哪一條路？

▶ 道に迷ったようなのですが、助けていただけませんか。

mi.chi.ni./ma.yo.tta.yo.u.na.no.de.su.ga./ta.su.ke.te./i.ta.da.ke.ma.se.n.ka.

我好像迷路了，可以幫我嗎？

▶ この地図で今私がいるところを教えていただけますか。

ko.no./chi.zu.de./i.ma./wa.ta.shi.ga./i.ru.to.ko.ro.o./o.shi.e.te./i.ta.da.ke.ma.su.ka.

可以告訴我，我現在在地圖上的哪個地方嗎？

▶ 最寄りの駅を教えていただけますか。

mo.yo.ri.no./e.ki.o./o.shi.e.te./i.ta.da.ke.ma.su.ka.

可以告訴我最近的車站在哪裡嗎？

▶ なにか目印はありますか。

na.ni.ka./me.ji.ru.shi.wa./a.ri.ma.su.ka.

有什麼明顯的路標嗎？

▶ バスか電車で行けますか。

ba.su.ka./de.n.sha.de./i.ke.ma.su.ka.

搭公車或火車到得了嗎？

030 **track**

▷場所相關單字

駅
e.ki.
車站

デパート
de.pa.a.to.
百貨

公園
ko.u.e.n.
公園

基礎會話短句 | 訂機票 | 訂旅館 | 在機場 | 在飛機上 | 交通 | 在旅館 | 餐廳 | 購物 | 觀光景點 | 生病 | 請求協助

track 跨頁共同導讀 030

郵便局
yu.u.bi.n.kyo.ku.
郵局

映画館
e.i.ga.ka.n.
電影院

銀行
gi.n.ko.u.
銀行

靴屋
ku.tsu.ya.
鞋店

お土産物屋
o.mi.ya.ge.mo.no.ya.
名產店

CDショップ
si.di.sho.ppu.
唱片行

本屋
ho.n.ya.
書店

基礎會話短句 | 訂機票 | 訂旅館 | 在機場 | 在飛機上 | **交 通** | 在旅館 | 餐廳 | 購物 | 觀光景點 | 生病 | 請求協助

薬局
ya.kkyo.ku.
藥局

デパート
de.pa.a.to.
百貨公司

ショッピングモール
sho.ppi.n.gu.mo.o.ru.
購物中心

スーパー
su.u.pa.a.
超級市場

コンビニ
ko.n.bi.ni.
便利商店

ドラッグストア
do.ra.ggu.su.to.a.
藥妝店

デパ地下
de.pa.chi.ka.
百貨地下街

在 旅館

031 **track**

●住房登記(已預約)

實用短句

▶チェックインお願いします。

che.kku.i.n./o.ne.ga.i.shi.ma.su.

我要登記住房。

▶こちらに4泊の予約をしている、陳です。

ko.chi.ra.ni./yo.n.ha.ku.no./yo.ya.ku.o.shi.te.i.ru./chi.n.de.su.

我預約了4天的住宿，敝姓陳。

▶チェックインしたいのですが。

che.kku.i.n.shi.ta.i.no.de.su.ga.

我想登記住房。

▶予約をしてあります。

yo.ya.ku.o./shi.te./a.ri.ma.su.

我已經預約了。

▶予約番号があります。もう一度確認してください。

yo.ya.ku.ba.n.go.u.ga./a.ri.ma.su./mo.u.i.chi.do./ka.ku.ni.n.shi.te.ku.da.sa.i.

我有預約號碼，請你再查一次。

track 032

● 住房登記(未預約)

實用短句

▶ 予約をしていません。

yo.ya.ku.o./shi.te.i.ma.se.n.

我沒有預約。

▶ 今晩泊まりたいのですが。

ko.n.ba.n./to.ma.ri.ta.i.no.de.su.ga.

我今晚想住宿。

▶ 今晩、泊まれる部屋はありますか。

ko.n.ba.n./to.ma.re.ru./he.ya.wa./a.ri.ma.su.ka.

今晚有空房嗎？

▶ 今夜、空いている部屋はありますか。

ko.n.ya./a.i.te.i.ru./he.ya.wa./a.ri.ma.su.ka.

今晚有空房嗎？

▶ 今晩泊まる部屋を探しています。

ko.n.ba.n./to.ma.ru.he.ya.o./sa.ga.shi.te./i.ma.su.

我在找今晚住宿的地方。

▶ 今日から3日間泊まりたいのですが、
空き部屋はありますか。

kyo.u.ka.ra./mi.kka.ka.n./to.ma.ri.ta.i.no.de.su.
ga./a.ki.be.ya.wa./a.ri.ma.su.ka.

我想從今天算起連住3晚，請問有空房嗎？

▶5泊したいのですが。

go.ha.ku./shi.ta.i.no.de.su.ga.

我想住5晚。

▶今晩、泊まれますか。

ko.n.ba.n./to.ma.re.ma.su.ka.

今晚有空房嗎？

▶予約はしていません。

yo.ya.ku.wa./shi.te.i.ma.se.n.

我沒有預約。

▶お部屋の空きはありますか。

o.he.ya.no./a.ki.wa./a.ri.ma.su.ka.

有空房嗎？

▶空室はありますか。

ku.u.shi.tsu.wa./a.ri.ma.su.ka.

有空房嗎？

▶予約をしていないのですが、空き部屋はありますか。

yo.ya.ku.o./shi.te.i.na.i.no./de.su.ga./a.ki.be.ya.wa./a.ri.ma.su.ka.

我沒有預約，請問有空房嗎？

track 跨頁共同導讀 032

▶ 今日と明日の2日間泊まりたいのですが、空き部屋はありますか。

kyo.u.to./a.shi.ta.no./fu.tsu.ka.ka.n./to.ma.ri.ta.i.
no.de.su.ga./a.ki.be.ya.wa./a.ri.ma.su.ka.

我想住今明兩天，請問有空房嗎？

track 033

● 要求看房間

實用短句

▶ 部屋を見せてもらえますか。

he.ya.o./mi.se.te./mo.ra.e.ma.su.ka.

能讓我看房間嗎？

▶ ほかの部屋を見せてもらえますか。

ho.ka.no.he.ya.o./mi.se.te./mo.ra.e.ma.su.ka.

能讓我看其他房間嗎？

▶ もう少し綺麗な部屋はありますか。

mo.u.su.ko.shi./ki.re.i.na./he.ya.wa./a.ri.ma.su.
ka.

有乾淨一點的房間嗎？

● 請求介紹飯店

實用短句

▶ ほかのホテルを紹介してください。

ho.ka.no./ho.te.ru.o./sho.u.ka.i.shi.te./ku.da.sa.i.

能幫我介紹其他旅館嗎？

▶ ほかにいいアイデアはありませんか。

ho.ka.ni./i.i.a.i.de.a.wa./a.ri.ma.se.n.ka.

能不能幫我想想辦法？

▷旅館種類相關單字

宿
ya.do.
旅館

ホテル
ho.te.ru.
飯店

民宿
mi.n.shu.ku.
民宿

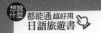

track 跨頁共同導讀 035

旅館
りょかん
ryo.ka.n.

旅館（指較傳統的旅社）

ビジネスホテル
bi.ji.ne.su.ho.te.ru.

商務飯店

温泉旅館
おんせんりょかん
o.n.se.n.ryo.ka.n.

(日式)温泉旅館

観光旅館
かんこうりょかん
ka.n.ko.u.ryo.ka.n.

(日式)観光旅館

モーテル
mo.o.te.ru.

汽車旅館

カプセルホテル
ka.pu.se.ru.ho.te.ru.

膠囊旅館

デザイナーズホテル
de.za.i.na.a.zu.ho.te.ru.

特殊風格設計的飯店

ラブホテル
ra.bu.ho.te.ru.

情趣旅館

シティーホテル
shi.ti.i.ho.te.ru.
高級酒店

ウィークリーマンション
u.i.i.ku.ri.i./ma.n.sho.n.
週租型公寓

マンスリーマンション
ma.n.su.ri.i./ma.n.sho.n.
月租型公寓

ゲストハウス
ge.su.to./ha.u.su.
小型家庭旅館、民宿

リゾートホテル
ri.zo.o.to./ho.te.ru.
度假飯店

ユースホステル
yu.u.su./ho.su.te.ru.
青年旅館

track 036

房型需求

實用短句

▶喫煙可能な部屋をお願いします。

ki.tsu.e.n.ka.no.u.na./he.ya.o./o.ne.ga.i.shi.ma.su.

請給我可以吸菸的房間。

▶喫煙の部屋にしてください。

ki.tsu.e.n.no.he.ya.ni./shi.te.ku.da.sa.i.

請給我可以吸菸的房間。

▶禁煙の部屋をお願いします。

ki.n.e.n.no./he.ya.o./o.ne.ga.i.shi.ma.su.

請給我禁菸的房間。

▶海側の部屋をお願いします。

u.mi.ga.wa.no./he.ya.o./o.ne.ga.i.shi.ma.su.

請給我靠海的房間。

▶山が見える部屋をお願いします。

ya.ma.ga./mi.e.ru./he.ya.o./o.ne.ga.i.shi.ma.su.

請給我能看到山的房間。

▷飯店設施相關單字

レストラン
re.su.to.ra.n.
餐廳

プール
pu.u.ru.
游泳池

ジム
ji.mu.
健身中心

バー
ba.a.
酒吧

フロント
fu.ro.n.to.
櫃檯

部屋
he.ya.
房間

お風呂
o.fu.ro.
浴池

<ruby>温泉<rt>おんせん</rt></ruby>

o.n.se.n.

温泉

<ruby>売店<rt>ばいてん</rt></ruby>

ba.i.te.n.

商店

コインランドリー

ko.i.n.ra.n.do.ri.i.

投幣式洗衣機

<ruby>自販機<rt>じはんき</rt></ruby>

ji.ha.n.ki.

自動販賣機

●寄放貴重品

實用短句

▶ 貴重品を預けたいのですが。

ki.cho.u.hi.n.no./a.zu.ke.ta.i.no.de.su.ga.

我想寄放貴重物品。

▶ 貴重品を出したいのですが。

ki.cho.u.hi.n.no./da.shi.ta.i.no.de.su.ga.

我想寄放貴重物品。

▶ セーフティボックスに貴重品を預けたいのですが。

se.e.fu.ti./bo.kku.su.ni./ki.cho.u.hi.n.no./a.zu.ke.ta.i.no.de.su.ga.

我想把貴重物品寄放在保險箱。

▶ 貴重品をセーフティボックスに入れたいのですが。

ki.cho.u.hi.n.no./se.e.fu.ti./bo.kku.su.ni./i.re.ta.i.no.de.su.ga.

我想把貴重物品寄放在保險箱。

▶ セーフティボックスはどうやって使うのですか。

se.e.fu.ti./bo.kku.su.wa./do.u.ya.tte./tsu.ka.u.no./de.su.ka.

請問保險箱要怎麼用？

（保險箱也可說「金庫」）

track 039

● 搬運、寄放行李

【實用短句】

▶荷物を運んでもらいたいのですが。

ni.mo.tsu.o./ha.ko.n.de./mo.ra.i.ta.i.no.de.su.ga.

能幫我搬行李嗎？

▶スーツケースを部屋に運んでくれますか。

su.u.tsu.ke.e.su.o./he.ya.ni./ha.ko.n.de.ku.re.ma.su.ka.

能幫我把行李箱拿到房間嗎？

▶荷物を預かっていただきたいのですが。

ni.mo.tsu.o./a.zu.ka.tte./i.ta.da.ki.ta.i.no.de.su.ga.

我想寄放行李。

▶この荷物を3時まで預かってもらえますか。

ko.no./ni.mo.tsu.o./sa.n.ji.ma.de./a.zu.ka.tte./mo.ra.e.ma.su.ka.

我可以把行李寄放到3點嗎？

040 track

● 客房服務

實用短句

▶ ルームサービスをお願いしたいのです
が。

ru.u.mu.sa.a.bi.su.o./o.ne.ga.i.shi.ta.i.no.de.su.
ga.

我想叫客房服務。

▶ カレーライスとコーヒーをください。

ka.re.e.ra.i.su.to./ko.o.hi.i.o./ku.da.sa.i.

請給我咖哩飯和咖啡。

▶ 何分ぐらいかかりますか。

na.n.bu.n.gu.ra.i./ka.ka.ri.ma.su.ka.

需要多久時間(才會送到)呢？

041 track

● 提出要求

實用短句

▶ 毛布を持ってきていただけますか。

mo.u.fu.o./mo.tte.ki.te./i.ta.da.ke.ma.su.ka.

可以送毯子到我房間嗎？

track 跨頁共同導讀 041

▶テレビがつかないのですが。

te.re.bi.ga./tsu.ka.na.i.no.de.su.ga.

電視打不開。

▶暖房が故障しています。

da.n.bo.u.ga./ko.sho.u.shi.te./i.ma.su.

暖氣壞了。

▶電気ケトルの具合が悪いのですが。

de.n.ki.ke.to.ru.no./gu.a.i.ga./wa.ru.i.no.de.su.ga.

熱水瓶(快煮壺)好像壞了。

▶電球が切れました。

de.n.kyu.u.ga./ki.re.ma.shi.ta.

燈泡壞了。

▶電気がつきません。

de.n.ki.ga./tsu.ki.ma.se.n.

燈打不開。

▶部屋がとても暑いのですが。

he.ya.ga./to.te.mo./a.tsu.i.no.de.su.ga.

房間很熱。

▶シャワーからお湯が出ません。

sha.wa.a.ka.ra./o.yu.ga.de.ma.se.n.

浴室沒有熱水。

▶お湯がぬるいのですが。

o.yu.ga./nu.ru.i.no.de.su.ga.

熱水不熱。

▶シャンプーがありません。

sha.n.pu.u.ga./a.ri.ma.se.n.

沒有洗髮精。

▶風呂の水が流れないんです。

fu.ro.no.mi.zu.ga./na.ga.re.na.i.n.de.su.

浴缸的排水管堵住了。

▶水道の蛇口が壊れています。

su.i.do.u.no./ja.gu.chi.ga./ko.wa.re.te.i.ma.su.

水龍頭壞了。

▶トイレの水が流れないのですが。

to.i.re.no.mi.zu.ga./na.ga.re.na.i.no.de.su.ga

馬桶不能沖水。

▶トイレが詰まっちゃったみたいです。

to.i.re.ga./tsu.ma.ccha.tta.mi.ta.i.de.su.

馬桶好像堵住了。

▶シーツが汚れています。

shi.i.tsu.ga./yo.go.re.te.i.ma.su.

床單髒了。

track 跨頁共同導讀 041

▶ ベッドメイクができていないのです
が。

he.ddo.me.i.ku.ga.de.ki.te.i.na.i.no.de.su.ga

床沒有整理好。

▶ 隣の部屋がうるさいのですが。

to.na.ri.no./he.ya.ga./u.ru.sa.i.no.de.su.ga.

隔壁房太吵了。

▶ この部屋はうるさいです。

ko.no.he.ya.wa./u.ru.sa.i.de.su.

這房間好吵。

 track 042

▷客房內物品相關單字

鍵 ka.gi. 鑰匙
トイレ to.i.re. 廁所
テレビ te.re.bi. 電視

でんき
電気
de.n.ki.

電燈

れいぞうこ
冷蔵庫
re.i.zo.u.ko.

冰箱

でんわ
電話
de.n.wa.

電話

シャワー
sha.wa.a.

淋浴／蓮蓬頭

ポット
po.tto.

熱水瓶

よくしつ
浴室
yo.ku.shi.tsu.

浴室

バスタブ
ba.su.ta.bu.

浴缸

かしつき
加湿器
ka.shi.tsu.ki.

加濕器

track 跨頁共同導讀 042

枕
まくら
ma.ku.ra.

枕頭

布団
ふとん
fu.to.n.

棉被

スリッパ
su.ri.ppa.

拖鞋

暖房
だんぼう
da.n.bo.u.

暖氣

ベッド
be.ddo.

床

タオル
ta.o.ru.

毛巾

毛布
もうふ
mo.u.fu.

毛毯

シーツ
shi.i.tsu.

床單

浴衣
yu.ka.ta.

日式浴衣

ペイチャンネル
pe.i.cha.n.ne.ru.

付費頻道

無線LAN
mu.se.n.ra.n.

無線網路

043 **track**

●追加住宿天數

實用短句

▶ もう一泊したいのですが。

mo.u.i.ppa.ku.shi.ta.i.no.de.su.ga.

我想多住一晚。

▶ 滞在を延長することができますか。

ta.i.za.i.o./e.n.cho.u.su.ru.ko.to.ga./de.ki.ma.su.
ka.

可以延長住宿天數嗎？

track 044

● 退房

實用短句

▶チェックアウトをお願いします。
che.kku.a.u.to.o./o.ne.ga.i.shi.ma.su.
我要退房。

▶クレジットカードは使えますか。
ku.re.ji.tto.ka.a.do.wa./tsu.ka.e.ma.su.ka.
可以刷卡嗎?

▶レシートをください。
re.shi.i.to.o./ku.da.sa.i.
請給我收據。

▶予定よりも1日早くチェックアウトした
いのですが。
yo.te.i.yo.ri.mo./i.chi.ni.chi.ha.ya.ku./che.kku.a.
u.to.shi.ta.i.no.de.su.ga.
我想提早一天退房。

▶この料金は間違っています。
ko.no.ryo.u.ki.n.wa./ma.chi.ga.tte.i.ma.su.
這個費用有誤。

▶ 明細書が違っているようです。

me.i.sa.i.sho.ga./chi.ga.tte./i.ru.yo.u.de.su.

明細好像有錯。

▶ この電話は使っていません。

ko.no.de.n.wa.wa./tsu.ka.tte.i.ma.se.n.

我沒有打電話。

▶ この料金は何ですか。

ko.no.ryo.u.ki.n.wa./na.n.de.su.ka.

這是什麼的費用？

▶ 会員なんですが、割引はありますか。

ka.i.i.n.na.n.de.su.ga./wa.ri.bi.ki.wa./a.ri.ma.su.
ka.

我是會員，有折扣嗎？

▶ 楽しかったです。このホテルは良かっ
たです。

ta.no.shi.ka.tta.de.su./ko.no.ho.te.ru.wa./yo.ka.
tta.de.su.

我住得很開心，這間飯店很棒。

▶ 部屋に忘れ物をしたのですが。

he.ya.ni./wa.su.re.mo.no.o./shi.ta.no.de.su.ga.

我把東西忘在房間了。

基礎會話短句｜訂機票｜訂旅館｜在機場｜在飛機上｜交通｜**在旅館**｜餐廳｜購物｜觀光景點｜生病｜請求協助

track 045

● 其他詢問

實用短句

▶ こちらで両替は出来ますか。

　ko.chi.ra.de./ryo.u.ga.e.wa./de.ki.ma.su.ka.

　這裡能匯兌嗎？

▶ このはがきを出してもらえますか。

　ko.no.ha.ga.ki.o./da.shi.te./mo.ra.e.ma.su.ka.

　能幫我寄這張明信片嗎？

▶ 私宛の手紙は来ていますか。

　wa.ta.shi.a.te.no./te.ga.mi.wa./ki.te.i.ma.su.ka.

　有我的信嗎？

▶ ホテルで切手を売っていますか。

　ho.te.ru.de./ki.tte.o./u.tte.i.ma.su.ka.

　飯店裡有賣郵票嗎？

餐廳

● 找餐廳

實用短句

▶ このへんにそれほど高くないレストランはありますか。

ko.no.he.n.ni./so.re.ho.do./ta.ka.ku.na.i./re.su.to.ra.n.wa./a.ri.ma.su.ka.

這附近有不太貴的餐廳嗎？

▶ お薦めのレストランはありますか。

o.su.su.me.no./re.su.to.ra.n.wa./a.ri.ma.su.ka.

請問有推薦的餐廳嗎？

▶ 手頃な値段でふぐ料理が食べられる店はありませんか。

te.go.ro.na./ne.da.n.de./fu.gu.ryo.u.ri.ga./ta.be.ra.re.ru./mi.sc.wa./a.ri.ma.se.n.ka.

有平價的河豚料理店嗎？

▶ この近くにイタリアレストランはありますか。

ko.no.chi.ka.ku.ni./i.ta.ri.a.re.su.to.ra.n.wa./a.ri.ma.su.ka.

這附近有義大利餐廳嗎？

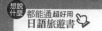
track 跨頁共同導讀 046

▶ レストランが多いのはどのへんですか。

re.su.to.ra.n.ga./o.o.i.no.wa./do.no.he.n.de.su.ka.

哪邊的餐廳比較多？

▶ 英語の通じるレストランがいいのですが。

e.i.go.no./tsu.u.ji.ru./re.su.to.ra.n.ga./i.i.no.de.su.ga.

我想找能說英文的餐廳。

track 047

▷ **餐廳相關單字**

ファーストフード店
fa.a.su.to.fu.u.do.te.n.
速食店
バー
ba.a.
酒吧
食堂
sho.ku.do.u.
大眾餐廳
レストラン
re.su.to.ra.n.
正式的餐廳

バイキング

ba.i.ki.n.gu.

吃到飽的餐廳

ファミレス

fa.mi.re.su.

適合全家去的餐廳(如「樂雅樂」)

屋台
やたい

ya.ta.i.

攤販

立ち食い
たちぐい

ta.chi.gu.i.

站著吃的

料亭
りょうてい

ryo.u.te.i.

高級日式餐廳

048 track

● 預約

實用短句

▶ 予約は出来ますか。
　よやく　　でき

yo.ya.ku.wa./de.ki.ma.su.ka.

能訂位嗎?

track 跨頁共同導讀 048

▶ 今晩の予約をお願いします。

ko.n.ba.n.no./yo.ya.ku.o./o.ne.ga.i.shi.ma.su.

我想訂今晚的位子。

▶ 明日の夜7時に2名でお願いします。

a.shi.ta.no./yo.ru.shi.chi.ji.ni./ni.me.i.de./o.ne.
ga.i.shi.ma.su.

我想訂明晚7點2個人的位子。

▶ 2名で予約お願いします。

ni.me.i.de./yo.ya.ku./o.ne.ga.i.shi.ma.su.

我想訂2個人的位子。

▶ 6時に2名分テーブルを予約したいので
すが。

ro.ku.ji.ni./ni.me.i.bu.n./te.e.bu.ru.o./yo.ya.ku.
shi.ta.i.no.de.su.ga.

我想訂6點2個人的位子。

▶ 何時なら席を取れますか。

na.n.ji.na.ra./se.ki.o./to.re.ma.su.ka.

幾點才有位子呢？

▶ 席を予約したいのですが。

se.ki.o./yo.ya.ku./shi.ta.i.no.de.su.ga.

我想訂位。

▶日曜日の午後七時に席を予約したいの
ですが。

ni.chi.yo.u.bi.no./go.go.shi.chi.ji.ni./se.ki.o./yo.
ya.ku.shi.ta.i.no.de.su.ga.

我想訂星期日晚上七點的位子。

▶今晩の予約をお願いします。（電話）

ko.n.ba.n.no./yo.ya.ku.o./o.ne.ga.i./shi.ma.su.

我想訂今晚的位子。

▶四人の席を予約したいのですが。

yo.ni.n.no.se.ki.o./yo.ya.ku.shi.ta.i.no.de.su.ga.

我想訂四個人的位子。

▶グループで予約したいのですが。

gu.ru.u.pu.de./yo.ya.ku.shi.ta.i.no./de.su.ga.

我想預約團體用餐。

▶今晩6時席を3人分予約したいのです
が。

ko.n.ba.n.ro.ku.ji./se.ki.o./sa.n.ni.n.bu.n./yo.ya.
ku.shi.ta.i.no.de.su.ga.

我想訂今晚六點，三個人的位子。

▶予約がいりますか。

yo.ya.ku.ga./i.ri.ma.su.ka.

需要預約嗎？

▶ ドレスコードはありますか。

do.re.su.ko.o.do.wa./a.ri.ma.su.ka.

有服裝限制嗎？

track 049

● 取消、變更預約

實用短句

▶ すみませんが、予約をキャンセルした
いのですが。

su.mi.ma.se.n.ga./yo.ya.ku.o./kya.n.se.ru.shi.ta.
i.no.de.su.ga.

不好意思，我想取消訂位。

▶ 6時から予約していましたが、7時に
変更して頂けますか。

ro.ku.ji.ka.ra./yo.ya.ku.shi.te.i.ma.shi.ta.ga./shi.
chi.ji.ni./he.n.ko.u.shi.te./i.ta.da.ke.ma.su.ka.

我訂了6點的位子，可以改成7點嗎？

▶ すみません、予約を取り消したいので
すが。

su.mi.ma.se.n./yo.ya.ku.o./to.ri.ke.shi.ta.i.no.de.
su.ga.

不好意思，我想取消訂位。

● 進入餐廳(無預約)

實用短句

▶ 2名ですが、空いていますか。

ni.me.i.de.su.ga./a.i.te.i.ma.su.ka.

請問有2個人的位子嗎?

▶ どのくらい待ちますか。

do.no.ku.ra.i./ma.chi.ma.su.ka.

請問要等多久?

▶ わかりました。では、待ちます。

wa.ka.ri.ma.shi.ta./de.wa./ma.chi.ma.su.

(知道需等多久後)我知道了,那我要候位。

▶ 今、やっていますか。

i.ma./ya.tte.i.ma.su.ka.

現在是營業中嗎?

● 進入餐廳(已預約)

實用短句

▶ 7時に予約した、陳です。

shi.chi.ji.ni./yo.ya.ku.shi.ta./chi.n.de.su.

我訂了7點的位子,敝姓陳。

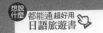
track 跨頁共同導讀 051

▶「ご予約をいただいていますか。」
「はい、陳です。」

go.yo.ya.ku.o./i.ta.da.i.te./i.ma.su.ka./ha.i./chi.
n.de.su.

請問是否有訂位？/有的。我姓陳。

track 052

● 座位需求

實用短句

▶窓際の席をお願いします。

ma.do.gi.wa.no.se.ki.o./o.ne.ga.i.shi.ma.su.

我想坐靠窗的位子。

▶壁際の席をお願いします。

ka.be.gi.wa.no./se.ki.o./o.ne.ga.i.shi.ma.su.

我想坐靠牆的位子。

▶山の見える席は取れますか。

ya.ma.no./mi.e.ru.se.ki.wa./to.re.ma.su.ka.

可以給我可以看見山的位子嗎？

● 菜單

實用短句

▶ 中国語のメニューはありますか。

chu.u.go.ku.go.no./me.nyu.u.wa./a.ri.ma.su.ka.

請問有中文菜單嗎？

▶ メニューを見せてもらえますか。

me.nyu.u.o./mi.se.te./mo.ra.e.ma.su.ka.

能給我菜單嗎？

▶ 中国語のメニューを見せてもらえますか。

chu.u.go.ku.go.no./me.nyu.u.o./mi.se.te./mo.ra.e.ma.su.ka.

可以給我中文菜單嗎？

▶ メニューに載っているのはどれもおいしそうですね。

me.nyu.u.ni./no.tte.i.ru.no.wa./do.re.mo./o.i.shi.so.u.de.su.ne.

菜單上的每樣食物看起來都好好吃喔。

基礎會話短句

訂機票

訂旅館

在機場

在飛機上

交通

在旅館

餐廳

購物

觀光景點

生病

請求協助

track 054

● 點餐

實用短句

▶あともう少し時間を頂けますか。

a.to./mo.u.su.ko.shi./ji.ka.no./i.ta.da.ke.ma.su.ka.

可以再給我一點時間嗎？/等一下再點餐。

▶注文してもいいですか。

chu.u.mo.n.shi.te.mo./i.i.de.su.ka.

我想點餐。

▶注文お願いします。

chu.u.mo.n./o.ne.ga.i.shi.ma.su.

我想點餐。

▶おすすめはなんですか。

o.su.su.me.wa./na.n.de.su.ka.

請問你推薦什麼？

▶これはどういう料理ですか。

ko.re.wa./do.u.i.u.ryo.u.ri.de.su.ka.

這是什麼料理呢？

▶どんな風に調理されているのですか。

do.n.na.fu.u.ni./cho.u.ri.sa.re.te.i.ru./no.de.su.ka.

是用什麼方式烹調的呢？

▶あれと同じものが欲しいです。

a.re.to./o.na.ji.mo.no.ga./ho.shi.i.de.su.

(指別人的菜)我想點和那個一樣的。

▶これとこれください。

ko.re.to./ko.re./ku.da.sa.i.

(用指的)我要這個和這個。

▶それにします。

so.re.ni.shi.ma.su.

(用指的)我要那個。

▶なにか早くできるものはありますか。

na.ni.ka./ha.ya.ku./de.ki.ru.mo.no.wa./a.ri.ma. su.ka.

有什麼是很快就能上菜的？

▶それはすぐ出来ますか。

so.re.wa./su.gu.de.ki.ma.su.ka.

那道菜很快就能上菜嗎？

▶ベジタリアン用の料理はありますか。

be.ji.ta.ri.a.n.yo.u.no./ryo.u.ri.wa./a.ri.ma.su.ka.

有素食料理嗎？

▶大盛りに出来ますか。

o.o.mo.ri.ni./de.ki.ma.su.ka.

能換成大份量嗎？

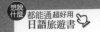

▶ この料理は何が入っていますか。

ko.no.ryo.u.ri.wa./na.ni.ga./ha.i.tte.i.ma.su.ka.

這道菜裡面加了什麼食材？

▶ 飲み物はコースに含まれていますか。

no.mi.mo.no.wa./ko.o.su.ni./fu.ku.ma.re.te.i.
ma.su.ka.

套餐包含飲料嗎？

▶ 魚料理はどれですか。

sa.ka.na.ryo.u.ri.wa./do.re.de.su.ka.

魚料理是哪一道？

▶ 魚介類を食べたいのですが。

gyo.ka.i.ru.i.o./ta.be.ta.i.no.de.su.ga.

我想吃海鮮類。

▶ 地元の料理を食べてみたいのですが。

ji.mo.to.no.ryo.u.ri.o./ta.be.te.mi.ta.i.no.de.su.
ga.

我想吃當地的料理。

▶ やっぱりこれに変更してください。

ya.ppa.ri./ko.re.ni./he.n.ko.u.shi.te.ku.da.sa.i.

(用指的)還是改點這道菜好了。

▷常見餐點相關單字

ごはん
go.ha.n.
米飯

めん
me.n.
麵條

春雨
ha.ru.sa.me.
冬粉

すし
su.shi.
壽司

肉まん
ni.ku.ma.n.
肉包子

おにぎり
o.ni.gi.ri.
飯糰

焼き鳥
ya.ki.to.ri.
烤雞肉

track 跨頁共同導讀 055

唐揚げ
ka.ra.a.ge.

炸雞／炸物

すき焼き
su.ki.ya.ki.

壽喜燒

カツ丼
ka.tsu.do.n.

豬排飯

丼もの
do.n.mo.no.

丼飯

ラーメン
ra.a.me.n.

拉麵

餃子
gyo.u.za.

煎餃

うどん
u.do.n.

烏龍麵

そば
so.ba.

蕎麥麵

カレー
ka.re.e.
咖哩

オムライス
o.mu.ra.i.su.
蛋包飯

ハンバーグ
ha.n.ba.a.gu.
漢堡排

野菜炒め
ya.sa.i./i.ta.me.
炒綜合蔬菜

チャーハン
cha.a.ha.n.
炒飯

天ぷら
te.n.pu.ra.
炸物

生姜焼き
sho.u.ga.ya.ki.
姜燒豬肉

焼き魚
ya.ki.za.ka.na.
烤魚

track 跨頁共同導讀 055

豚の角煮
bu.ta.no./ka.ku.ni.

滷豬肉

親子丼
o.ya.ko.do.n.

親子丼

うな重
u.na.ju.u.

鰻魚飯

焼きそば
ya.ki.so.ba.

炒麵

焼肉
ya.ki.ni.ku.

烤肉

豚汁
to.n.ji.ru.

豬肉蔬菜湯

パスタ
pa.su.ta.

義大利麵

刺身
sa.shi.mi.

生魚片

なべ
鍋
na.be.

火鍋

かんこくりょうり
韓国料理
ka.n.ko.ku.ryo.u.ri.

韓國菜

ちゅうかりょうり
中華料理
chu.u.ka.ryo.u.ri.

中國菜

りょうり
フランス料理
fu.ra.n.su.ryo.u.ri.

法國菜

りょうり
イタリア料理
i.ta.ri.a.ryo.u.ri.

義大利菜

にほんりょうり
日本料理
ni.ho.n.ryo.u.ri.

日本料理

▷蔬菜相關單字

しいたけ
shi.i.ta.ke.

香菇

しめじ
shi.me.ji.

鴻禧菇

じゃがいも
ja.ga.i.mo.

馬鈴薯

にんじん
ni.n.ji.n.

紅蘿蔔

大根
da.i.ko.n.

白蘿蔔

ほうれん草
ho.u.re.n.so.u.

菠菜

キャベツ
kya.be.tsu.

高麗菜

きゅうり
kyu.u.ri.

小黃瓜

ブロッコリ
bu.ro.kko.ri.

綠色花椰菜

ピーマン
pi.i.ma.n.
青椒

なす
na.su.
茄子

セロリ
se.ro.ri.
芹菜

白菜
ha.ku.sa.i.
大白菜

レタス
re.ta.su.
萵苣

とうもろこし／コーン
to.u.mo.ro.ko.shi./ko.o.n.
玉米

長ねぎ
na.ga.ne.gi.
大蔥

かぶ
ka.bu.
蕪菁

track 跨頁共同導讀 055

おくら
o.ku.ra.
秋葵

<ruby>黒豆<rt>くろまめ</rt></ruby>
黒豆
ku.ro.ma.me.
黑豆

グリーンピース
gu.ri.i.n.pi.i.su.
豌豆

さといも
sa.to.i.mo.
小芋頭

たろいも
ta.ro.i.mo.
大芋頭

さつまいも
sa.tsu.ma.i.mo.
地瓜

▷ **水果相關單字**

トマト
to.ma.to.
蕃茄

レモン
re.mo.n.
檸檬

もも
mo.mo.
桃子

オレンジ
o.re.n.ji.
橙

みかん
mi.ka.n.
柑橘

さくらんぼ
sa.ku.ra.n.bo.
櫻桃

青りんご
a.o.ri.n.go.
黃綠蘋果／青蘋果

りんご
ri.n.go.
蘋果

なし
na.shi.
梨子

バナナ
ba.na.na.
香蕉

ぶどう
bu.do.u.
葡萄

メロン
me.ro.n.
哈蜜瓜

キウイ
ki.u.i.
奇異果

パイナップル
pa.i.na.ppu.ru.
鳳梨

グレープフルーツ
gu.re.e.pu.fu.ru.u.tsu.
葡萄柚

イチジク
i.chi.ji.ku.
無花果

いちご
i.chi.go.
草莓

マンゴー
ma.n.go.o.
芒果

▷肉類相關單字

豚肉
bu.ta.ni.ku.
豬肉

ロース
ro.o.su.
里肌肉

ヒレ
hi.re.
腰內肉

ばら肉
ba.ra.ni.ku.
五花肉

ひき肉
hi.ki.ni.ku.
絞肉

レバー
re.ba.a.
豬肝

track 跨頁共同導讀 055

ベーコン
be.e.ko.n.
培根

ソーセージ
so.o.se.e.ji.
香腸

カルビ
ka.ru.bi.
牛（豬）小排

ビーフ
bi.i.fu.
牛肉

牛^{ぎゅう}タン
gyu.u.ta.n.
牛舌

牛^{ぎゅうすじ}筋
gyu.u.su.ji.
牛筋

玉^{たまご}子
ta.ma.go.
蛋

鶏^{とりにく}肉
to.ri.ni.ku.
雞肉

もも肉 <ruby>肉<rt>にく</rt></ruby>
mo.mo.ni.ku.
雞大腿肉

ささみ
sa.sa.mi.
雞胸肉

手羽先 <ruby>手羽先<rt>てばさき</rt></ruby>
te.ba.sa.ki.
雞翅膀

かも肉 <ruby>肉<rt>にく</rt></ruby>
ka.mo.ni.ku.
鴨肉

ラム
ra.mu.
羊肉

▷海鮮相關單字

いせえび
i.se.e.bi.
龍蝦

えび
e.bi.
蝦

track 跨頁共同導讀 055

あまえび
a.ma.e.bi.
甜蝦

むきえび
mu.ki.e.bi.
蝦仁

車えび
ku.ru.ma.e.bi.
明蝦

干しえび
ho.shi.e.bi.
蝦米

しらす
shi.ra.su.
魩仔魚

かに
ka.ni.
螃蟹

かまぼこ
ka.ma.bo.ko.
魚板

かき
ka.ki.
牡蠣

ほたて
ho.ta.te.
帆立貝

たら
ta.ra.
鱈魚

たらこ
ta.ra.ko.
鱈魚子

明太子
me.n.ta.i.ko.
明太子

いくら
i.ku.ra.
鮭魚子

マグロ
ma.gu.ro.
鮪魚

たい
ta.i.
鯛魚

ひらめ
hi.ra.me.
比目魚

track 跨頁共同導讀 055

さば
sa.ba.

鯖

さけ
sa.ke.

鮭

うなぎ
u.na.gi.

鰻

たこ
ta.ko.

章魚

いか
i.ka.

花枝

スモークサーモン
su.mo.o.ku.sa.a.mo.n.

燻鮭魚

干し魚
ho.shi.u.o.

魚乾（如一夜干）

昆布
ko.n.bu.

海帶

ふぐ
fu.gu.
河豚

あなご
a.na.go.
星鰻

あゆ
a.yu.
香魚

はまぐり
ha.ma.gu.ri.
蛤蜊

056 **track**

● 餐點需求

實用短句

▶ ミディアムでお願いします。
mi.di.a.mu.de./o.ne.ga.i.shi.ma.su.
(牛排)我想要五分熟。

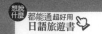

track 跨頁共同導讀 056

▶よく焼いたもの。

yo.ku.ya.i.ta.mo.no.

(牛排)我想要全熟。

▶半生焼きでお願いします。

ha.n.na.ma.ya.ki.de./o.ne.ga.i.shi.ma.su.

(牛排)我想要五分熟。

▶辛い料理が苦手です。これは辛いですか。

ka.ra.i.ryo.u.ri.ga./ni.ga.te.de.su./ko.re.wa./ka.ra.i.de.su.ka.

我怕辣，這道菜會辣嗎？

▶塩を控えめにしてください。

shi.o.o./hi.ka.e.me.ni./shi.te.ku.da.sa.i.

請少放點鹽。

▶あんまり辛くしないでください。

a.n.ma.ri./ka.ra.ku.shi.na.i.de.ku.da.sa.i.

請不要做得太辣。

▷牛排熟度

レア
re.a.
只煎表面，裡面是生的

ミディアムレア
mi.di.a.mu.re.a.
三分熟

ミディアム
mi.di.a.mu.
五分熟

ミディアムウェル
mi.di.a.mu.we.ru.
七分熟

ウェル
we.ru.
近全熟

ウェルダン
we.ru.da.n.
全熟

焼き加減
ya.ki.ka.ge.n.
熟度

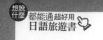

よく焼く
yo.ku.ya.ku.

煎全熟

▷蛋的煮法

スクランブル
su.ku.ra.n.bu.ru.

美式炒蛋

目玉焼き
me.da.ma.ya.ki.

荷包蛋

両面焼き
ryo.u.me.n.ya.ki.

兩面煎

片面焼き
ka.ta.me.n.ya.ki.

單面煎

半熟
ha.n.ju.ku.

半熟

ゆで玉子
yu.de.ta.ma.go.

水煮蛋

ちゃわんむ
茶碗蒸し
cha.wa.n.mu.shi.
蒸蛋

オムレツ
o.mu.re.tsu.
煎蛋捲、歐姆蛋

おんせんたまご
温泉玉子
o.n.se.n.ta.ma.go.
温泉蛋

たまごや
玉子焼き
ta.ma.go.ya.ki.
日式煎蛋

たまご　　　　はん
玉子かけご飯
ta.ma.go.ka.ke.go.ha.n.
生蛋拌飯

▷烹調方式相關單字

ゆでる
yu.de.ru.
水煮

や
焼く
ya.ku.
煎

track 跨頁共同導讀 057

揚げる
a.ge.ru.

炸

いためる
i.ta.me.ru.

炒

湯通しする
yu.do.o.shi.su.ru.

汆燙

煮る
ni.ru.

燉的

ぐつぐつ煮る
gu.tsu.gu.tsu.ni.ru.

文火燉煨

蒸す
mu.su.

蒸

燻製
ku.n.se.i.

煙燻

あぶり
a.bu.ri.

用火稍微烤過

水^{みず}を切^きる

mi.zu.o.ki.ru.

瀝乾

干^ほす

ho.su.

晒乾

冷^さます

sa.ma.su.

冰鎮

つける

tsu.ke.ru.

醃漬

炊^たく

ta.ku.

蒸煮

track 058

● 飲料與甜點

實用短句

▶ ワインリストはありますか。

wa.i.n.ri.su.to.wa./a.ri.ma.su.ka.

有酒單嗎？

▶ ビール２杯お願いします。

bi.i.ru./ni.ha.i./o.ne.ga.i.shi.ma.su.

給我２杯啤酒。

▶ 飲み物は食後にお願いします。

no.mi.mo.no.wa./sho.ku.go.ni./o.ne.ga.i.shi.ma.su.

飲料餐後上。

▶ ミネラルウォーターをください。

mi.ne.ra.ru.wo.o.ta.a.o./ku.da.sa.i.

請給我礦泉水。

▶ デザートをください。

de.za.a.to.o./ku.da.sa.i.

請給我甜點。

▷甜點相關單字

プリン
pu.ri.n.
布丁

ソフト
so.fu.to.
霜淇淋

アイス
a.i.su.
冰淇淋

チョコレート
cho.ko.re.e.to.
巧克力口味

いちご
i.chi.go.
草莓口味

バニラ
ba.ni.ra.
香草口味

抹茶
ma.ccha.
抹茶口味

パイ
pa.i.

派

アップルパイ
a.ppu.ru.pa.i.

蘋果派

タルト
ta.ru.to.

水果餡餅／水果塔

ケーキ
ke.e.ki.

蛋糕

ショートケーキ
sho.o.to.ke.e.ki.

草莓蛋糕

ワッフル
wa.ffu.ru.

鬆餅

ゼリー
ze.ri.i.

果凍

たい焼き
ta.i.ya.ki.

鯛魚燒

大学いも
da.i.ga.ku.i.mo.

拔絲地瓜

クッキー
ku.kki.i.

餅乾

ビスケット
bi.su.ke.tto.

小餅乾

ぜんざい
ze.n.za.i.

紅豆湯

飴
a.me.

糖果

饅頭
ma.n.ju.u.

日式甜餡餅

シュークリーム
shu.u.ku.ri.i.mu.

泡芙

track 跨頁共同導讀 059

わらびもち
wa.ra.bi.mo.chi.

蕨餅

大福
da.i.fu.ku.

包餡的麻糬

団子
da.n.go.

麻糬丸子

カステラ
ka.su.te.ra.

蜂蜜蛋糕

チョコレート
cho.ko.re.e.to.

巧克力

もち
mo.chi.

麻糬

ロールケーキ
ro.o.ru.ke.e.ki.

毛巾蛋糕／蛋糕捲

チーズケーキ
chi.i.zu.ke.e.ki.

起士蛋糕

バームクーヘン
ba.a.mu.ku.u.he.n.
年輪蛋糕

クレープ
ku.re.e.pu.
可麗餅

▷飲料尺寸相關單字

エルサイズ
e.ru.sa.i.zu.
大杯

エムサイズ
e.mu.sa.i.zu.
中杯

スモールサイズ
su.mo.o.ru.sa.i.zu.
小杯

▷咖啡相關單字

ラッテ
ra.tte.
拿鐵

エスプレッソ
e.su.pu.re.sso.
義式濃縮

track 跨頁共同導讀 059

カプチーノ
ka.pu.chi.i.no.
卡布奇諾

モカコーヒー
mo.ka.ko.o.hi.i.
摩卡咖啡

カフェオレ
ka.fe.o.re.
咖啡歐蕾

デカフェ
de.ka.fe.
低咖啡因

低脂肪
te.i.shi.bo.u.
低脂

脱脂
da.sshi.
脱脂

ブラック
bu.ra.kku.
黑咖啡

ブレンド
bu.re.n.do.
綜合咖啡

インスタントコーヒー
i.n.su.ta.n.to.ko.o.hi.i.

即溶咖啡

コーヒーミルク
ko.o.hi.i.mi.ru.ku.

牛奶咖啡

コーヒーミックス
ko.o.hi.i.mi.kku.su.

三合一咖啡

ミルク
mi.ru.ku.

奶精／牛奶

▷茶類相關單字

お茶
o.cha.

茶

緑茶
ryo.ku.cha.

綠茶

紅茶
ko.u.cha.

紅茶

track 跨頁共同導讀 059

ほうじ茶
ho.u.ji.cha.
烘焙茶

煎茶
se.n.cha.
煎茶

麦茶
mu.gi.cha.
麥茶

ウーロン茶
u.u.ro.n.cha.
烏龍茶

プーアル茶
pu.u.a.ru.cha.
滇洱茶

ジャスミンティー
ja.su.mi.n.ti.i.
茉莉花茶

アールグレイ
a.a.ru.gu.re.i.
伯爵茶

ミントティー
mi.n.to.ti.i.
薄荷茶

ラベンダーティー
ra.be.n.da.a.ti.i.
薰衣草茶

菊茶
ki.ku.cha.
菊花茶

アッサムブラックティー
a.ssa.mu.bu.ra.kku.ti.i.
阿薩姆紅茶

ミルクティー
mi.ru.ku.ti.i.
奶茶

ティーバッグ
ti.i.ba.ggu.
茶袋／茶包

▷其他飲料相關單字

ミネラルウォーター
mi.ne.ra.ru.wo.o.ta.a.
礦泉水

ホットチョコレート
ho.tto.cho.ko.re.e.to.
熱巧克力

track 跨頁共同導讀 059

ホットココア
ho.tto.ko.ko.a.

熱可可亞

ジュース
ju.u.su.

果汁

レモンジュース
re.mo.n.ju.u.su.

檸檬汁

グレープフルーツジュース
gu.re.e.pu.fu.ru.u.tsu.ju.u.su.

葡萄柚汁

オレンジジュース
o.re.n.ji.ju.u.su.

柳橙汁

ミックスジュース
mi.kku.su.ju.u.su.

綜合水果飲料

アップルジュース
a.ppu.ru.ju.u.su.

蘋果汁

パイナップルジュース
pa.i.na.ppu.ru.ju.u.su.

鳳梨汁

野菜ジュース
ya.sa.i.ju.u.su.

蔬菜汁

乳酸菌飲料
nyu.u.sa.n.ki.n.i.n.ryo.u.

乳酸飲料

牛乳
gyu.u.nyu.u.

牛奶

▷氣泡飲料相關單字

炭酸水
ta.n.sa.n.su.i.

碳酸飲料

ペプシ
pe.pu.shi.

百事可樂

ダイエットペプシ
da.i.e.tto.pe.pu.shi.

無糖百事可樂

セブンアップ
se.bu.n.a.ppu.

七喜

track 跨頁共同導讀 059

コカコーラゼロ
ko.ka.ko.o.ra.ze.ro.
零卡可樂

コカコーラ
ko.ka.ko.o.ra.
可口可樂

スプライト
su.pu.ra.i.to.
雪碧

ファンタ
fa.n.ta.
芬達

サイダー
sa.i.da.a.
汽水

ソーダ
so.o.da.
蘇打水

ラムネ
ra.mu.ne.
彈珠汽水

メロンサイダー
me.ro.n.sa.i.da.a.
哈密瓜汽水

▷酒類相關單字

ビール
bi.i.ru.
啤酒

ライトビール
ra.i.to.bi.i.ru.
淡啤酒

生ビール
na.ma.bi.i.ru.
生啤酒

黒ビール
ku.ro.bi.i.ru.
黑啤酒

発泡酒
ha.ppo.u.shu.
發泡酒

シャンパン
sha.n.pa.n.
香檳酒

チューハイ
chu.u.ha.i.
酒精含量較低的調味酒

基礎會話短句
訂機票
訂旅館
在機場
在飛機上
交通
在旅館
餐廳
購物
觀光景點
生病
請求協助

ワイン
wa.i.n.
葡萄酒

カクテル
ka.ku.te.ru.
雞尾酒

しょうちゅう
焼酎
sho.u.chu.u.
蒸餾酒

うめしゅ
梅酒
u.me.shu.
梅酒

さけ
酒
sa.ke.
清酒

シェリー
she.ri.i.
雪利酒

マティーニ
ma.ti.i.ni.
馬丁尼

ベルモット
be.ru.mo.tto.
苦艾酒

ウイスキー
u.i.su.ki.i.
威士忌

ブランデー
bu.ra.n.de.e.
白蘭地

スコッチウイスキー
su.ko.cchi.u.i.su.ki.i.
蘇格蘭威士忌

ウオッカ
u.o.kka.
伏特加

ジン
ji.n.
琴酒

テキーラ
te.ki.i.ra.
龍舌蘭酒

track 060

● 抱怨與要求

實用短句

▶ これは注文していませんが。

ko.re.wa./chu.u.mo.n.shi.te.i.ma.se.n.ga.

我沒有點這個。

▶ 頼んだ料理がまだきていません。

ta.no.n.da.ryo.u.ri.ga./ma.da.ki.te.i.ma.se.n.

我點的菜還沒來。

▶ 私の飲み物を忘れていませんか。

wa.ta.shi.no./no.mi.mo.no.o./wa.su.re.te./i.ma.
se.n.ka.

我的飲料還沒來。

▶ 箸を落としたので新しいのを持ってきていただけますか。

ha.shi.o./o.to.shi.ta.no.de./a.ta.ra.shi.i.no.o./mo.
tte.ki.te.i.ta.da.ke.ma.su.ka.

我的筷子掉了，可以再給我新的嗎？

▶ 食べ方を教えてもらえますか。

ta.be.ka.ta.o./o.shi.e.te./mo.ra.e.ma.su.ka.

請告訴我吃法。

▶お皿を何枚かもらえますか。
o.sa.ra.o./na.n.ma.i.ka./mo.ra.e.ma.su.ka.
可以給我幾個碟子嗎？

▶コショウはありますか。
ko.sho.u.wa./a.ri.ma.su.ka.
有胡椒嗎？

▶もう一杯おかわりをください。
mo.u.i.ppa.i./o.ka.wa.ri.o./ku.da.sa.i.
可以再給我一杯嗎？

▶もう少しパンをいただけますか。
mo.u.su.ko.shi./pa.n.o./i.ta.da.ke.ma.su.ka.
可以再給我一些麵包嗎？

▶コーヒーをもう一杯いただけますか。
ko.o.hi.i.o./mo.u.i.ppa.i./i.ta.da.ke.ma.su.ka.
可以再給我一杯咖啡嗎？

▶このビーフはよく焼けてないんですが。
ko.no./bi.i.fu.wa./yo.ku.ya.ke.te.na.i.n.de.su.ga.
這牛肉沒熟。

▶このお魚は変な臭いがします。
ko.no./o.sa.ka.na.wa./he.n.na./ni.o.i.ga./shi.ma.su.
這魚有怪味。

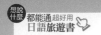
track 跨頁共同導讀 060

▶ 虫が入っています。取り替えていただけませんか。

mu.shi.ga./ha.i.tte.i.ma.su./to.ri.ka.e.te./i.ta.da.ke.ma.se.n.ka.

裡面有蟲，可以幫我換新的嗎？

▶ これを包んでいただけますか。

ko.re.o./tsu.tsu.n.de./i.ta.da.ke.ma.su.ka.

可以幫我打包嗎？

▶ お皿を下げていただけますか。

o.sa.ra.o./sa.ge.te./i.ta.da.ke.ma.su.ka.

可以把盤子收走了。

 track 061

▷餐具相關單字

フォーク
fo.o.ku.
餐叉
箸
ha.shi.
筷子
割り箸
wa.ri.ba.shi.
免洗筷

マイ箸
ma.i.ha.shi.
自備環保筷

箸置き
ha.shi.o.ki.
筷架

スプーン／さじ
su.pu.u.n./sa.ji.
湯匙

ティースプーン
ti.i.su.pu.u.n.
茶匙

ナイフ
na.i.fu.
刀子

バターナイフ
ba.ta.a./na.i.fu.
抹刀

ディナーナイフ
di.na.a./na.i.fu.
餐刀

ディナーフォーク
di.na.a./fo.o.ku.
餐叉

ディナースプーン
di.na.a./su.pu.u.n.
餐匙

ケーキフォーク
ke.e.ki.fo.o.ku.
蛋糕叉

れんげ
re.n.ge.
喝湯用較深的中式湯匙

▷調味料相關單字

^{しお}
塩
shi.o.
鹽

^{さとう}
砂糖
sa.to.u.
糖

^{くろざとう}
黒砂糖
ku.ro.za.to.u.
黑糖

^{こなざとう}
粉砂糖
ko.na.za.to.u.
糖粉／糖霜

こしょう
ko.sho.u.
胡椒粉

スパイス
su.pa.i.su.
香料

ケチャップ
ke.cha.ppu.
蕃茄醬

山しょう
sa.n.sho.u.
山椒

しょうゆ
sho.u.yu.
醬油

唐辛子
to.u.ga.ra.shi.
辣椒

マスタード
ma.su.ta.a.do.
芥末

酢
su.
醋

シナモン
shi.na.mo.n.
肉桂

チーズ
chi.i.zu.
起司

ジャム
ja.mu.
果醬

バター
ba.ta.a.
奶油

キャビア
kya.bi.a.
魚子醬

しょうが
sho.u.ga.
薑

ねぎ
ne.gi.
蔥

たまねぎ
ta.ma.ne.gi.
洋蔥

にんにく
ni.n.ni.ku.
大蒜

バジル/バジリコ
ba.ji.ru./ba.ji.ri.ko.
羅勒

ごま油
go.ma.a.bu.ra.
麻油

オイスターソース
o.i.su.ta.a.so.o.su.
蠔油

オリーブ油
o.ri.i.bu.yu.
橄欖油（也可以説**オリーブオイル**）

ごま
go.ma.
芝麻

七味
shi.chi.mi.
七味粉

ソース
so.o.su.
醬汁（較濃稠的）

track 跨頁共同導讀 061

たれ
ta.re.
醬汁（較稀的）

track 062

● 結帳

實用短句

► お勘定をお願いします。

o.ka.n.jo.u.o./o.ne.ga.i.shi.ma.su.

我要結帳。

► 勘定は別々にお願いします。

ka.n.jo.u.wa./be.tsu.be.tsu.ni./o.ne.ga.i.shi.ma.su.

分開結帳。

► 計算が間違っているようですが。

ke.i.sa.n.ga./ma.chi.ga.tte.i.ru.yo.u.de.su.ga.

好像算錯了。

► 勘定が違うようです。

ka.n.jo.u.ga./chi.ga.u.yo.u.de.su.

好像算錯了。

► これは何の代金ですか。

ko.re.wa./na.n.no.da.i.ki.n.de.su.ka.

這是什麼的費用？

● 用餐禮儀

實用短句

▶ いただきます。
i.ta.da.ki.ma.su.
開動了。

▶ ごちそうさまでした。
go.chi.so.u.sa.ma.de.shi.ta.
我吃飽了。/謝謝招待。

▶ おいしかったです。
o.i.shi.ka.tta.de.su.
很好吃。

● 咖啡廳、速食店

實用短句

▶ このへんに喫茶店はありますか。
ko.no.he.n.ni./ki.ssa.te.n.wa./a.ri.ma.su.ka.
這附近有咖啡廳嗎？

▶ ここで食べます。
ko.ko.de./ta.be.ma.su.
我要內用。

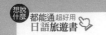

track 跨頁共同導讀 064

▶ 持って帰ります。

mo.tte./ka.e.ri.ma.su.

我要外帶。

▶ チーズバーガーとコーラをください。

chi.i.zu.ba.a.ga.a.to./ko.o.ra.o./ku.da.sa.i.

請給我起士漢堡和可樂。

▶ ケチャップをお願いします。

ke.cha.ppu.o./o.ne.ga.i.shi.ma.su.

我要蕃茄醬。

▶ ケチャップはありますか。

ke.cha.ppu.wa./a.ri.ma.su.ka.

有蕃茄醬嗎？

▶ Aセットをお願いします。

e.se.tto.o./o.ne.ga.i.shi.ma.su.

我要A套餐。

▶ これとこれをください。

ko.re.to./ko.re.o./ku.da.sa.i.

(用指的)我要這個和這個。

▶ 飲み物は何がありますか。

no.mi.mo.no.wa./na.ni.ga.a.ri.ma.su.ka.

有什麼飲料？

▶ ピクルスを抜いてください。

pi.ku.ru.su.o./nu.i.te.ku.da.sa.i.

我不要酸黃瓜。

購 物

● 找店家

實用短句

▶ ビトンの店へは、どのようにして行け
ばよいですか。

bi.to.n.no./mi.se.e.wa./do.no.yo.u.ni./shi.te./i.
ke.ba.yo.i.de.su.ka.

我想去LV的店面,該怎麼走呢?

▶ この周辺で、デパートはありますか。

ko.no.shu.u.he.n.de./de.pa.a.to.wa./a.ri.ma.su.
ka.

這附近有百貨公司嗎?

▶ この町に、買い物に適した場所はあり
ますか。

ko.no.ma.chi.ni./ka.i.mo.no.ni./te.ki.shi.ta.ba.
sho.wa./a.ri.ma.su.ka.

這城市有哪裡適合購物呢?

▶ 一番大きいデパートはどこにあります
か。

i.chi.ba.n./o.o.ki.i./de.pa.a.to.wa./do.ko.ni.a.ri.
ma.su.ka.

最大的百貨在哪裡呢?

▶一番有名な電気屋さんはどこにありますか。

i.chi.ba.n./yu.u.me.i.na./de.n.ki.ya.sa.n.wa./do.ko.ni./a.ri.ma.su.ka.

最有名的電器行在哪裡呢？

▶品揃えが一番いい店はどこですか。

shi.na.zo.ro.e.ga./i.chi.ban./i.i.mi.se.wa./do.ko.de.su.ka.

商品最齊全的店在哪裡呢？

▶靴下を売っているところを探しています。

ku.tsu.shi.ta.o./u.tte.i.ru.to.ko.ro.o./sa.ga.shi.te.i.ma.su.

我想找賣襪子的店。

▶どこか、お土産が買える店はありませんか。

do.ko.ka./o.mi.ya.ge.ga./ka.e.ru.mi.se.wa./a.ri.ma.se.n.ka.

有賣名產的店嗎？

▶ギフトショップはありますか。

gi.fu.to.sho.ppu.wa./a.ri.ma.su.ka.

有紀念品店嗎？

▶ どこかにメモリーカードが買える店は
  ありませんか。

do.ko.ka.ni./me.mo.ri.i.ka.a.do.ga./ka.e.ru.mi.
se.wa./a.ri.ma.se.n.ka.

哪裡買得到記憶卡呢？

▶ 服を買うなら、どの店がお薦めです
  か。

fu.ku.o./ka.u.na.ra./do.no.mi.se.ga./o.su.su.me.
de.su.ka.

買衣服的話，你推薦哪家店呢？

▶ フリーマーケットに行きたいのです
  が。

fu.ri.i.ma.a.ke.tto.ni./i.ki.ta.i.no.de.su.ga.

請問哪裡有跳蚤市場？

▶ 何時まで店が開いているか分かります
  か。

na.n.ji.ma.de./mi.se.ga./a.i.te.i.ru.ka./wa.ka.ri.
ma.su.ka.

你知道店開到幾點嗎？

▶ 地図を描いてもらえませんか。

chi.zu.o./ka.i.te.mo.ra.e.ma.se.n.ka.

可以畫地圖給我嗎？

track 跨頁共同導讀 065

▶ この店の閉店は何時ですか。

ko.no.mi.se.no./he.i.te.n.wa./na.n.ji.de.su.ka.

這家店開到幾點呢？

▶ お店は何時からやっていますか。

o.mi.se.wa./na.n.ji.ka.ra./ya.tte.i.ma.su.ka.

幾點開店呢？

▶ 今やっていますか。

i.ma./ya.tte.i.ma.su.ka.

現在是營業時間嗎？

▶ 何時までやっていますか。

na.n.ji.ma.de./ya.tte.i.ma.su.ka.

營業到幾點呢？

▶ 二階は何を売っていますか。

ni.ka.i.wa./na.ni.o./u.tte.i.ma.su.ka.

二樓是賣什麼的？

▶ 定休日は何曜日ですか。

te.i.kyu.u.bi.wa./na.n.yo.u.bi.de.su.ka.

星期幾公休？

▶ 子供服は何階ですか。

ko.do.mo.fu.ku.wa./na.n.ka.i.de.su.ka.

童裝是在幾樓？

▷商店類型相關單字

免税店
めんぜいてん
me.n.ze.i.te.n.

免税商店

スーパー
su.u.pa.a.

超級市場

バザー
ba.za.a.

義賣

市場
いちば
i.chi.ba.

市集

デパート
de.pa.a.to.

百貨公司

商店街
しょうてんがい
sho.u.te.n.ga.i.

商店街

アーケード商店街
しょうてんがい
a.a.ke.e.to./sho.u.te.n.ga.i.

有頂篷的商店街

ホームセンター
ho.o.mu./se.n.ta.a.

大型量販店

業務用スーパー
gyo.u.mu.yo.u./su.u.pa.a.

量販中心

小売店
ko.u.ri.te.n.

零售店

アウトレット
a.u.to.re.tto.

暢貨中心

ショッピングセンター
sho.ppi.n.gu./se.n.ta.a.

購物中心

モール
mo.o.ru.

大型購物中心

▷休假日相關單字

休み中
ya.su.mi.chu.u.

休息中

へいてん
閉店
he.i.te.n.

關店

ていきゅうび
定休日
te.i.kyu.u.bi.

公休日

きゅうけいじかん
休憩時間
kyu.u.ke.i.ji.ka.n.

休息時間

きゅうか
休暇
kyu.u.ka.

休假

こくみん　　しゅくじつ
国民の祝日
ko.ku.mi.n.no.shu.ku.ji.tsu.

國定假日

ふりかえきゅうじつ
振替休日
fu.ri.ka.e.kyu.u.ji.tsu.

補假日

こくみん　　きゅうじつ
国民の休日
ko.ku.mi.n.no.kyu.u.ji.tsu.

例假日

なつやす
夏休み
na.tsu.ya.su.mi.

暑假

ふゆやす
冬休み
fu.yu.ya.su.mi.
寒假

はるやす
春休み
ha.ru.ya.su.mi.
春假

track 067

● 隨便逛逛

實用短句

▶ 見ているだけです。

mi.te.i.ru.da.ke.de.su.
我只是看看。

▶ いりません。

i.ri.ma.se.n.
我不需要。

▷尺寸相關單字

サイズ
sa.i.zu.
尺碼

Lサイズ
e.ru.sa.i.zu.
大號

Mサイズ
e.mu.sa.i.zu.
中號

Sサイズ
e.su.sa.i.zu.
小號

XLサイズ
e.kku.su./e.ru./sa.i.zu.
特大號

XSサイズ
e.kku.su./e.su./sa.i.zu.
特小號

フリーサイズ
fu.ri.i.sa.i.zu.
單一尺碼

 068 **track**

● 說明需求

(實用短句)

▶ バッグを探しています。
ba.ggu.o./sa.ga.shi.te./i.ma.su.
我想買包包。

track 跨頁共同導讀 068

▶ スカートはありますか。

su.ka.a.to.wa./a.ri.ma.su.ka.

有裙子嗎？

▶ 化粧水はありますか。

ke.sho.u.su.i.wa./a.ri.ma.su.ka.

有化妝水嗎？

▶ ブーツが欲しいのですが。

bu.u.tsu.ga./ho.shi.i.no.de.su.ga.

我想看靴子。

▶ ノースリーブのドレスはありますか。

no.o.su.ri.i.bu.no./do.re.su.wa./a.ri.ma.su.ka.

我想看無袖的禮服。

▶ ランニング用の靴はありますか。

ra.n.ni.n.gu.yo.u.no./ku.tsu.wa./a.ri.ma.su.ka.

有慢跑鞋嗎？

▶ これを見せてください。

ko.re.o./mi.se.te./ku.da.sa.i.

(用指的)我想要看這個。

▶ それを見せてもらえますか。

so.re.o./mi.se.te./mo.ra.e.ma.su.ka.

(用指的)可以讓我看那個嗎？

▶それではなくて、その隣のものです

so.re.de.wa.na.ku.te./so.no./to.na.ri.no./mo.no.
de.su.

(用指的)不是那個，是它隔壁的那個。

▶手に取ってもいいですか。

te.ni.to.tte.mo./i.i.de.su.ka.

可以拿嗎？

▶触ってもいいですか。

sa.wa.tte.mo./i.i.de.su.ka.

可以摸嗎？

▶ほかのものを見せてもらえますか。

ho.ka.no./mo.no.o./mi.se.te./mo.ra.e.ma.su.ka.

可以給我看其他的嗎？

▶これと同じようなものはありません
か。

ko.re.to./o.na.ji.yo.u.na.mo.no.wa./a.ri.ma.se.n.
ka.

有和這個相同的東西嗎？

▶最新のカタログを見せてください。

sa.i.shi.n.no./ka.ta.ro.gu.o./mi.se.te./ku.da.sa.i.

請給我看最新的目錄。

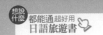
`track` 跨頁共同導讀 068

▷手指物品相關單字

これ
ko.re.
這個

それ
so.re.
那個

あれ
a.re.
那個(物品在較遠的地方)

`track` 069

● 商品樣式

實用短句

▶ これの色違いはありますか。

ko.re.o./i.ro.chi.ga.i.wa./a.ri.ma.su.ka.

這個有不同色的嗎?

▶ ほかの色はありますか。

ho.ka.no./i.ro.wa./a.ri.ma.su.ka.

有其他顏色嗎?

▶同じもので、緑色はありますか。

o.na.ji.mo.no.de./mi.do.ri.i.ro.wa./a.ri.ma.su.ka.

相同款式有綠色嗎？

▶これの赤いのはありますか。

ko.re.no./a.ka.i.no.wa./a.ri.ma.su.ka.

這個有紅色的嗎？

▶黒いのはありますか。

ku.ro.i.no.wa./a.ri.ma.su.ka.

有黑色的嗎？

▶もう少しカジュアルな感じがいいのですが。

mo.u.su.ko.shi./ka.ju.a.ru.na./ka.n.ji.ga./i.i.no.de.su.ga.

我想要休閒一點的。

▶もう少しフォーマルな感じがいいのですが。

mo.u.su.ko.shi./fo.o.ma.ru.na./ka.n.ji.ga./i.i.no.de.su.ga.

我想要正式一點的。

▶これは少し派手すぎます。

ko.re.wa./su.ko.shi./ha.de.su.gi.ma.su.

這好像太華麗了。

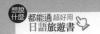
track 跨頁共同導讀 069

▶ このデザインは好きじゃありません。

ko.no./de.za.i.n.wa./su.ki.ja./a.ri.ma.se.n.

我不太喜歡這個設計。

▶ 最新モデルはどれですか。

sa.i.shi.n./mo.de.ru.wa./do.re.de.su.ka.

最新型的是哪一個？

▶ 今年の流行は何ですか。

ko.to.shi.no./ryu.u.ko.u.wa./na.n.de.su.ka.

今年流行什麼呢？

▶ 私には地味すぎます。

wa.ta.shi.ni.wa./ji.mi.su.gi.ma.su.

這對我來說太樸素了。

▶ 私には派手すぎます。

wa.ta.shi.ni.wa./ha.de.su.gi.ma.su.

這對我來說太華麗了。

▶ このスカートには何を合わせるのがい
いでしょうか。

ko.no.su.ka.a.to.ni.wa./na.ni.o./a.wa.se.ru.no.
ga./i.i.de.sho.u.ka.

這件裙子該搭什麼呢？

▶このバッグは、海外で販売されていますか。

ko.no.ba.ggu.wa./ka.i.ga.i.de./ha.n.ba.i.sa.re.te.i.ma.su.ka.

這個包包，在日本以外的地方也買得到嗎？

▶海外でまだ販売されていないものはどれですか。

ka.i.ga.i.de./ma.da./ha.n.ba.i.sa.re.te./i.na.i.mo.no.wa./do.re.de.su.ka.

日本以外的地方買不到的是哪個？

▶これと似ているものはありますか。

ko.re.to./ni.te.i.ru.mo.no.wa./a.ri.ma.su.ka.

有類似這個的嗎？

▶ストラップは、取り外しが出来ますか。

su.to.ra.ppu.wa./to.ri.ha.zu.shi.ga./de.ki.ma.su.ka.

吊飾可以拆掉嗎？

070 track

▷顏色相關單字

黄色
ki.i.ro.
黃色

track 跨頁共同導讀 070

ベージュ
be.e.ju.
米色

ブラウン
bu.ra.u.n.
棕色

茶色
cha.i.ro.
茶色

緑色／グリーン
mi.do.ri.i.ro./gu.ri.i.n.
綠色

ミント色
mi.n.to.i.ro.
薄荷色

グレー
gu.re.e.
灰色

ブルー
bu.ru.u.
藍色

紺
ko.n.
深藍色

ネイビー
ne.i.bi.i.
海軍藍

ライトブルー
ra.i.to.bu.ru.u.
淺藍色

<ruby>紫<rt>むらさき</rt></ruby>／パープル
mu.ra.sa.ki./pa.a.pu.ru.
紫色

<ruby>白<rt>しろ</rt></ruby>
shi.ro.
白色

オフホワイト
o.fu.ho.wa.i.to.
灰白色

アイボリー
a.i.bo.ri.i.
象牙色

<ruby>赤<rt>あか</rt></ruby>
a.ka.
紅色

<ruby>真<rt>ま</rt></ruby>っ<ruby>赤<rt>か</rt></ruby>
ma.kka.
大紅

235 •

ピンク
pi.n.ku.
粉紅色

黒
ku.ro.
黑色

シルバー
shi.ru.ba.a.
銀白色

ゴールド
go.o.ru.do.
金色

track 071

● 材質

實用短句

▶ シルクのものはありますか。

shi.ru.ku.no.mo.no.wa./a.ri.ma.su.ka.
有絲質的嗎？

▶ 綿素材のものはありますか。

wa.ta.so.za.i.no./mo.no.wa./a.ri.ma.su.ka.
有棉質的嗎？

▶ この素材は何ですか。

ko.no.so.za.i.wa./na.n.de.su.ka.

這是什麼材質？

▶ これは何で出来ていますか。

ko.re.wa./na.n.de./de.ki.te.i.ma.su.ka.

這是什麼做的？

▶ 色落ちしますか。

i.ro.o.chi.shi.ma.su.ka.

會褪色嗎？

▶ これは洗濯機で洗えますか。

ko.re.wa./se.n.ta.ku.ki.de./a.ra.e.ma.su.ka.

這可用洗衣機洗嗎？

 072 **track**

▷服裝相關單字

スーツ

su.u.tsu.

西裝／套裝

ネクタイ

ne.ku.ta.i.

領帶

ネクタイピン

ne.ku.ta.i.pi.n.

領帶夾

タキシード
ta.ki.shi.i.do.

燕尾服

半ズボン
ha.n.zu.bo.n.

短褲、緊身褲

タイツ
ta.i.tsu.

內搭褲

ヒッコリーパンツ
hi.kko.ri.i./pa.n.tsu.

寬鬆的長褲

デニム
de.ni.mu.

牛仔褲

靴下
ku.tsu.shi.ta.

襪子

トレンチコート
to.re.n.chi./ko.o.to.

風衣

マント
ma.n.to.

披風

コート
ko.o.to.
外套

ワンピース
wa.n.pi.i.su.
洋裝

ドレス
do.re.su.
晚禮服

ブラウス
bu.ra.u.su.
罩衫／女上衣

タートル
ta.a.to.ru.
高領衫

ベスト
be.su.to.
背心

タイトスカート
ta.i.to./su.ka.a.to.
窄裙

ストッキング
su.to.kki.n.gu.
褲襪

セーター
se.e.ta.a.

毛衣

着物
ki.mo.no.

和服

浴衣
yu.ka.ta.

夏季和服

▷鞋子種類相關單字

革靴
ka.wa.gu.tsu.

皮鞋

スニーカー
su.ni.i.ka.a.

運動鞋

ペタンコ靴
pe.ta.n.ko.gu.tsu.

平底鞋

ハイヒール
ha.i.hi.i.ru.

高跟鞋

ブーツ
bu.u.tsu.
靴子

ロングブーツ
ro.n.gu./bu.u.tsu.
長靴

サンダル
sa.n.da.ru.
涼鞋

パンプス
pa.n.pu.su.
低跟船型鞋

フラットシューズ
fu.ra.tto./shu.u.zu.
平底鞋

アイゼン
a.i.ze.n.
釘鞋

下駄
ge.ta.
木屐

カジュアルシューズ
ka.ju.a.ru./shu.u.zu.
便鞋

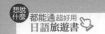
track 跨頁共同導讀 072

ランニングシューズ
ra.n.ni.n.gu./shu.u.zu.

慢跑鞋

カジュアルブーツ
ka.ju.a.ru./bu.u.tsu.

休閒鞋

ワークブーツ
wa.a.ku./bu.u.tsu.

工作靴

レインブーツ
re.i.n./bu.u.tsu.

雨鞋

うわば
上履き
u.wa.ba.ki.

學校穿的室內鞋

ルームシューズ
ru.u.mu./shu.u.zu.

室內鞋

スリッパ
su.ri.ppa.

拖鞋

• 試穿

實用短句

▶ 試着したいのですが。

shi.cha.ku./shi.ta.i.no.de.su.ga.

我想試穿。

▶ 試着室はありますか。

shi.cha.ku.shi.tsu.wa./a.ri.ma.su.ka.

有試衣間嗎？

▶ どこで試着できますか。

do.ko.de./shi.cha.ku./de.ki.ma.su.ka.

要在哪裡試穿？

▶ もう一度試着していいですか。

mo.u.i.chi.do./shi.cha.ku./shi.te./i.i.de.su.ka.

可以再試穿一次嗎？

▶ どうですか。私ににあいますか。

do.u.de.su.ka./wa.ta.shi.ni./ni.a.i.ma.su.ka.

怎麼樣？適合我嗎？

▶ 試着してもいいですか。

shi.cha.ku.shi.te.mo./i.i.de.su.ka.

可以試穿嗎？

track 跨頁共同導讀 073

▶小さすぎます。

chi.i.sa.su.gi.ma.su.

太小了。

▶大きすぎます。

o.o.ki.su.gi.ma.su.

太大了。

▶きつすぎます。

ki.tsu.su.gi.ma.su.

太緊了。

▶つま先の部分がとてもきついです。

tsu.ma.sa.ki.no./bu.bu.n.ga./to.te.mo./ki.tsu.i.
de.su.

腳趾趾尖的部分很緊。

▶一回り大きいサイズを試してみます。

hi.to.ma.wa.ri./o.o.ki.i.sa.i.zu.o./ta.me.shi.te./
mi.ma.su.

我想試大一號。

▶一回り小さいサイズを試してみます。

hi.to.ma.wa.ri./chi.i.sa.i./sa.i.zu.o./ta.me.shi.te.
mi.ma.su.

我想試小一號。

▶一回り大きいサイズを持ってきてもらえますか。

hi.to.ma.wa.ri./o.o.ki.i.sa.i.zu.o./mo.tte.ki.te./mo.ra.e.ma.su.ka.

可以幫我拿大一號的嗎？

▶これは合っています。

ko.re.wa./a.tte.i.ma.su.

這個剛好。

▶ちょうどいいサイズです。

cho.u.do./i.i.sa.i.zu.de.su.

尺寸剛好。

▶ぴったりです。

pi.tta.ri.de.su.

剛剛好。

▶これが一番小さいサイズですか。

ko.re.ga./i.chi.ba.n./chi.i.sa.i./sa.i.zu.de.su.ka.

這是最小的尺寸嗎？

▶これが一番大きいサイズですか。

ko.re.ga./i.chi.ba.n./o.o.ki.i./sa.i.zu.de.su.ka.

這是最大的尺寸嗎？

▶袖が長すぎます。

so.de.ga./na.ga.su.gi.ma.su.

袖子太長了。

track 跨頁共同導讀 073

▶袖が短すぎます。

so.de.ga./mi.ji.ka.su.gi.ma.su.

袖子太短了。

▶肩幅が大きすぎます。

ka.ta.ha.ba.ga./o.o.ki./su.gi.ma.su.

肩寬太寬了。

▶肩幅が狭すぎます。

ka.ta.ha.ba.ga./se.ma.su.gi.ma.su.

肩寬太窄了。

▶ウェストが少しきついです。

we.su.to.ga./su.ko.shi./ki.tsu.i.de.su.

腰太緊了。

▶私のアメリカでのサイズが分かりません。

wa.ta.shi.no./a.me.ri.ka.de.no./sa.i.zu.ga./wa.ka.ri.ma.se.n.

我不知道自己的美規尺寸是多少。

▶靴のサイズを測ってもらえますか。

ku.tsu.no./sa.i.zu.o./ha.ka.tte.mo.ra.e.ma.su.ka.

可以幫我量鞋子的尺寸嗎？

▶測ってもらえますか。

ha.ka.tte./mo.ra.e.ma.su.ka.

可以幫我量(尺寸)嗎？

▶ 私に合うサイズのものを見せてもらえ
ますか。

wa.ta.shi.ni./a.u.sa.i.zu.no.mo.no.o./mi.se.te./
mo.ra.e.ma.su.ka.

可以給我看適合我的尺寸嗎？

074 **track**

● 修改

實用短句

▶ すぐに寸法直しができますか。

su.gu.ni./su.n.po.u.na.o.shi.ga./de.ki.ma.su.ka.

可以立刻改好嗎？

▶ 私のサイズに合わせてもらえますか。

wa.ta.shi.no./sa.i.zu.ni./a.wa.se.te./mo.ra.e.ma.
su.ka.

可以依我的尺寸修改嗎？

▶ 袖を詰めてもらえますか。

so.de.o./tsu.me.te./mo.ra.e.ma.su.ka.

可以幫我把袖子改短嗎？

▶ 肩幅を詰めてもらえますか。

ka.ta.ha.ba.o./tsu.me.te./mo.ra.e.ma.su.ka.

可以把肩寬改窄嗎？

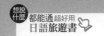
track 跨頁共同導讀 074

▶お尻の部分を詰めてもらえますか。

o.shi.ri.no./bu.bu.n.no./tsu.me.te./mo.ra.e.ma.su.ka.

可以把臀圍改小嗎？

▶ウェスト部分をゆるくしてもらえますか。

we.su.to.bu.bu.n.no./yu.ru.ku./shi.te./mo.ra.e.ma.su.ka.

可以把腰圍改大嗎？

▶裾をあげてもらえますか。

su.so.o./a.ge.te./mo.ra.e.ma.su.ka.

可以把褲管改短嗎？

▶裾上げをしてもらえますか。

su.so.a.ge.o./shi.te./mo.ra.e.ma.su.ka.

可以把褲管改短嗎？

▶裾は、くるぶしの少し下くらいにしてください。

su.so.wa./ku.ru.bu.shi.no./su.ko.shi.shi.ta./ku.ra.i.ni./shi.te.ku.da.sa.i.

請把褲長改到腳踝下一點點。

▶丈を直していただけますか。

ta.ke.o./na.o.shi.te./i.ta.da.ke.ma.su.ka.

可以改長度嗎？

▶これをもっと短くしてもらえますか。

ko.re.o./mo.tto./mi.ji.ka.ku.shi.te./mo.ra.e.ma.su.ka.

這可以改短一點嗎？

▶これをもっと長くしてもらえますか。

ko.re.o./mo.tto./na.ga.ku.shi.te./mo.ra.e.ma.su.ka.

這可以放長一點嗎？

▶ここに内ポケットを付けてもらえますか。

ko.ko.ni./u.chi.po.ke.tto.o./tsu.ke.te./mo.ra.e.ma.su.ka.

這裡可以縫一個內袋嗎？

▶私の名前を入れてください。

wa.ta.shi.no./na.ma.e.o./i.re.te./ku.da.sa.i.

幫我繡上名字。

▶いつ仕上がりますか。

i.tsu./shi.a.ga.ri.ma.su.ka.

什麼時候可以好？

▶いつ出来上がりますか。

i.tsu./de.ki.a.ga.ri.ma.su.ka.

什麼時候可以好？

▶いつ取りに来たらいいですか。

i.tsu./to.ri.ni.ki.ta.ra./i.i.de.su.ka.

什麼時候可以來拿？

track 跨頁共同導讀 074

▶ お直し代はいくらですか。

o.na.o.shi.da.i.wa./i.ku.ra.de.su.ka.

修改費是多少？

 track 075

▷修改衣服相關單字

サイズ sa.i.zu. 尺寸	
袖 (そで) so.de. 袖子	
肩幅 (かたはば) ka.ta.ha.ba. 肩寬	
ウェスト we.su.to. 腰圍	
裾 (すそ) su.so. 下擺、褲腳	
丈 (たけ) ta.ke. 長度	

ポケット
po.ke.tto.

口袋

すんぽうなお
寸法直し
su.n.po.u.na.o.shi.

修改

076 **track**

● 買包包

實用短句

▶ 旅行用のスーツケースを探しています。
りょこうよう   さが

ryo.ko.u.yo.u.no./su.u.tsu.ke.e.su.o./sa.ga.shi.
te./i.ma.su.

我想買旅行用的行李箱。

▶ 1泊旅行用のバッグはありますか。
  ぱくりょこうよう

i.ppa.ku.ryo.ko.u.yo.u.no./ba.ggu.wa./a.ri.ma.
su.ka.

有兩天一夜旅行用的包包嗎？

▶ もう少し小さいサイズがいいのです
    すこ ちい
が。

mo.u./su.ko.shi./chi.i.sa.i.sa.i.zu.ga./i.i.no.de.su.ga.

我想要小一點的。

track 跨頁共同導讀 076

▶ これは機内持ち込みが出来ますか。

ko.re.wa./ki.na.i./mo.chi.ko.mi.ga./de.ki.ma.su.ka.

這可以帶上飛機嗎？

▶ この素材は何ですか。

ko.no.so.za.i.wa./na.n.de.su.ka.

這是什麼材質？

▶ もっとポケットが付いているバッグは
ありませんか。

mo.tto./po.ke.tto.ga./tsu.i.te.i.ru./ba.ggu.wa./a.
ri.ma.se.n.ka.

有口袋多一點的包包嗎？

 track 077

▷包包種類相關單字

かばん
ka.ba.n.
包包(男女通用)

スーツケース
su.u.tsu.ke.e.su.
行李箱、公事包

財布
さいふ
sa.i.fu.
皮夾

ハンドバッグ
ha.n.do.ba.ggu.
女用手提包

ポーチ
po.o.chi.
化妝包

トート
to.o.to.
托特包

リュック
ryu.kku.
登山包／後背包

ショルダー
sho.ru.da.a.
肩背包

セカンドバッグ
se.ka.n.do./ba.ggu.
男用手拿包

track 078

• 買化妝品

實用短句

▶フェースパウダーはありますか。

fe.e.su.pa.u.da.a.wa./a.ri.ma.su.ka.

有蜜粉嗎?

▶このクリームの使い方を教えてください。

ko.no./ku.ri.i.mu.no./tsu.ka.i.ka.ta.o./o.shi.e.te./ku.da.sa.i.

可以教我這個乳液的使用方法嗎?

▶乾燥肌なのですが、保湿クリームはありますか。

ka.n.so.u.ha.da.na.no.de.su.ga./ho.shi.tsu.ku.ri.i.mu.wa./a.ri.ma.su.ka.

我是乾燥型肌膚,有保濕乳霜嗎?

▶このマニュキュアのサンプルはありますか。

ko.no./ma.nyu.kyu.a.no./sa.n.pu.ru.wa./a.ri.ma.su.ka.

這個指甲油有試用品嗎?

▶ウォータープルーフファンデーション
　はありますか。

wo.o.ta.a.pu.ru.u.fu./fa.n.de.e.sho.n.wa./a.ri.ma.
su.ka.

有防水粉底嗎？

▶<ruby>紫外線<rt>しがいせん</rt></ruby>カットが<ruby>出来<rt>でき</rt></ruby>るウォータープルー
　フファンデーションはありますか。

shi.ga.i.se.n.ka.tto.ga./de.ki.ru./wo.o.ta.a.pu.ru.
u.fu./fa.n.de.e.sho.n.wa./a.ri.ma.su.ka.

有防紫外線的防水粉底嗎？

▶オーガニック<ruby>化粧品<rt>けしょうひん</rt></ruby>はありますか。

o.o.ga.ni.kku./ke.sho.u.hi.n.wa./a.ri.ma.su.ka.

有賣有機化妝品嗎？

▶これは<ruby>私<rt>わたし</rt></ruby>の<ruby>肌<rt>はだ</rt></ruby>に<ruby>合<rt>あ</rt></ruby>いません。

ko.re.wa./wa.ta.shi.no./ha.da.ni./a.i.ma.se.n.

這和我的膚質不合。

079 **track**

▷**膚質相關單字**

オイリー<ruby>肌<rt>はだ</rt></ruby>

o.i.ri.i.ha.da.

油性膚質

track 跨頁共同導讀 079

ドライ肌／乾燥肌
do.ra.i.ha.da./ka.n.so.u.ha.da.

乾性膚質

混合肌
ko.n.go.u.ha.da.

混合性膚質

敏感肌
bi.n.ka.n.ha.da.

敏感型膚質

▷臉部保養

化粧水
ke.sho.u.su.i.

化妝水

ローション
ro.o.sho.n.

化妝水凝露

ミルク
mi.ru.ku.

乳液

エッセンス／セラム
e.sse.n.su./se.ra.mu.

精華液

モイスチャー
mo.i.su.cha.a.
保濕霜

リッチクリーム
ri.cchi.ku.ri.i.mu.
乳霜

アイジェル
a.i.je.ru.
眼部保養凝膠

リップモイスト
ri.ppu.mo.i.su.to.
護唇油

リップクリーム
ri.ppu.ku.ri.i.mu.
護唇膏

スキンウォーター
su.ki.n.wo.o.ta.a.
臉部保濕噴霧

パック／マスク
pa.kku./ma.su.ku.
面膜

洗顔料
せんがんりょう
se.n.ga.n.ryo.u.
洗面乳

track 跨頁共同導讀 079

石鹼
せっけん

se.kke.n.

香皂

洗顔フォーム
せんがん

se.n.ga.n.fo.o.mu.

洗面乳

クレンジングオイル

ku.re.n.ji.n.gu./o.i.ru.

卸妝油

クレンジングフォーム

ku.re.n.ji.n.gu./fo.o.mu.

卸妝乳

メイク落としシート
お

me.i.ku.o.to.shi./shi.i.to.

卸妝濕紙巾、卸妝棉

アイメイククレンジング

a.i.me.i.ku./ku.re.n.ji.n.gu.

眼部卸妝油

油とり紙
あぶら がみ

a.bu.ra.to.ri.ga.mi.

吸油面紙

▷彩妝相關單字

メイクアップベース
me.i.ku.a.ppu.be.e.su.

隔離霜／隔離乳

パウダーファンデーション
pa.u.da.a./fa.n.de.e.sho.n.

粉餅

リキッドファンデーション
ri.ki.ddo./fa.n.de.e.sho.n.

粉底液

スティックファンデーション
su.ti.kku./fa.n.de.e.sho.n.

條狀粉底

両用タイプ
ryo.u.yo.u.ta.i.pu.

兩用粉餅(可乾濕兩用的粉餅)

フェイスパウダー
fe.i.su.pa.u.da.a.

蜜粉

アイライナー
a.i.ra.i.na.a.

眼線筆

track 跨頁共同導讀 079

リッキドアイライナー
ri.kki.do./a.i.ra.i.na.a.

眼線液

アイシャドー
a.i.sha.do.o.

眼影

クリーミィアイシャドー
ku.ri.i.mi./a.i.sha.do.o.

眼彩

マスカラ
ma.su.ka.ra.

睫毛膏

つけまつげ
tsu.ke.ma.tsu.ge.

假睫毛

ブロウパウダー
bu.ro.u.pa.u.da.a.

眉粉

アイブロウペンシル
a.i.bu.ro.u./pe.n.shi.ru.

眉筆

ウォータープルーフ
o.o.ta.a.pu.ru.u.fu.

防水

チークカラー
chi.i.ku.ka.ra.a.
腮紅

リップライナー
ri.ppu.ra.i.na.a.
唇線筆

リップグロス
ri.ppu.gu.ro.su.
唇彩

リップスティック
ri.ppu.su.ti.kku.
口紅

ブラシ
bu.ra.shi.
刷具

シャープナー
sha.a.pu.na.a.
削筆器

アイシャドウブラシ
a.i.sha.do.u./bu.ra.shi.
眼影刷

アイブロウブラシ
a.i.bu.ro.u./bu.ra.shi.
眉刷

track 跨頁共同導讀 079

ビューラー
bu.u.ra.a.
睫毛夾

チークブラシ
chi.i.ku.bu.ra.shi.
腮紅刷

リップメークアップブラシ
ri.ppu.me.e.ku.a.ppu./bu.ra.shi.
口紅刷

パフ
pa.fu.
粉撲

スポンジ
su.po.n.ji.
海綿

綿棒
me.n.bo.u.
棉花棒

化粧用カット綿
ke.sho.u.yo.u./ka.tto.wa.ta.
化妝棉

▷身體保養相關單字

ベビーオイル
be.bi.i.o.i.ru.
嬰兒油

バスソルト
ba.su.so.ru.to.
浴鹽

ボディシャンプー
bo.di.sha.n.pu.u.
沐浴乳

入浴剤 <ruby>入浴剤<rt>にゅうよくざい</rt></ruby>
nyu.u.yo.ku.za.i.
泡澡用粉末／泡澡用液體

スクラブクリーム
su.ku.ra.bu./ku.ri.i.mu.
磨砂膏

パウダースプレー
pa.u.da.a./su.pu.re.e.
爽身噴霧

▷防晒

日焼け止め <ruby>日<rt>ひ</rt></ruby>焼<ruby>け止<rt>ど</rt></ruby>め
hi.ya.ke.do.me.
防晒／防晒乳

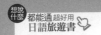
track 跨頁共同導讀 079

日<ruby>焼<rt>や</rt></ruby>け<ruby>止<rt>ど</rt></ruby>めミルク
hi.ya.ke.do.me./mi.ru.ku.

防晒乳

日<ruby>焼<rt>や</rt></ruby>けローション
hi.ya.ke./ro.o.sho.n.

助晒劑

クールローション
ku.u.ru./ro.o.sho.n.

晒後鎮定乳液

track 080

● 買首飾

實用短句

▶ この<ruby>石<rt>いし</rt></ruby>は<ruby>何<rt>なん</rt></ruby>ですか

ko.no.i.shi.wa./na.n.de.su.ka.

這是什麼寶石？

▶ これは<ruby>金<rt>きん</rt></ruby>ですか。それとも<ruby>金<rt>きん</rt></ruby>メッキで
すか。

ko.re.wa./ki.n.de.su.ka./so.re.to.mo./ki.n.me.
kki.de.su.ka.

這是純金還是鍍金？

▶このダイヤモンドは、何カラットです
か。

ko.no./da.i.ya.mo.n.do.wa./na.n.ka.ra.tto.de.su.
ka.

這顆鑽石幾克拉？

▶これは、プラチナの指輪ですか。

ko.re.wa./pu.ra.chi.na.no./yu.bi.wa.de.su.ka.

這是白金戒嗎？

▶プラチナの台座にダイヤモンドが付い
たものはありますか。

pu.ra.chi.na.no./da.i.za.ni./da.i.ya.mo.n.do.ga./
tsu.i.ta.mo.no.wa./a.ri.ma.su.ka.

我想要白金台鑲鑽石的。

▶この指輪は、鑑定書が付きますか。

ko.no.yu.bi.wa.wa./ka.n.te.i.sho.ga./tsu.ki.ma.
su.ka.

這個戒指附證書嗎？

▶２４金の延べ棒が欲しいのですが。

ni.ju.u.yo.n.ki.n.no./no.be.bo.u.ga./ho.shi.i.no./
de.su.ga.

我想要24K金的金條。

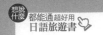
track 跨頁共同導讀 080

▶ 今日の相場交換レートはいくらですか。

kyo.u.no./so.u.ba.ko.u.ka.n./re.e.to.wa./i.ku.ra.de.su.ka.

今天的(金)價格是多少？

▶ 私の指のサイズを測ってください。

wa.ta.shi.no./yu.bi.no./sa.i.zu.o./ha.ka.tte./ku.da.sa.i.

請幫我測指圍。

▶ サイズ直しはどのくらいかかりますか。

sa.i.zu.na.o.shi.wa./do.no.ku.ra.i./ka.ka.ri.ma.su.ka.

改尺寸需要多久時間？

 track 081

▷配件相關單字

ピアス
pi.a.su.
耳環

ブレスレット
bu.re.su.re.tto.
手環

ピン
pi.n.
別針／髮夾

リング
ri.n.gu.
戒指

ペアリング
pe.a.ri.n.gu.
對戒

ネックレス
ne.kku.re.su.
項鏈

ペンダント
pe.n.da.n.to.
項鏈的墜子

ブローチ
bu.ro.o.chi.
胸針

バングル
ba.n.gu.ru.
手鐲

カチューシャ
ka.chu.u.sha.
髮箍

ヘアバンド
he.a.ba.n.do.
髮帶

ヘアクリップ
he.a.ku.ri.ppu.
鯊魚夾

シュシュ
shu.shu.
髮圈

ヘアゴム
he.a.go.mu.
綁頭髮的橡皮筋

アナログウォッチ
a.na.ro.gu.wo.cchi.
指針錶

デジタルウォッチ
de.ji.ta.ru.wo.cchi.
電子錶

腕時計
う で ど けい
u.de.do.ke.i.
手錶

基礎會話短句｜訂機票｜訂旅館｜在機場｜在飛機上｜交通｜在旅館｜餐廳｜**購物**｜觀光景點｜生病｜請求協助

▷貴金屬相關單字

プラチナ
pu.ra.chi.na.

鉑白金

めっき
me.kki.

鍍金

純金
ju.n.ki.n.

真金／赤金

金張りの
ki.n.ba.ri.no.

貼金

純銀
ju.n.gi.n.

純銀

合金
go.u.ki.n.

合金

▷寶石相關單字

ダイヤモンド
da.i.ya.mo.n.do.

鑽石

すいしょう
水晶／クリスタル
su.i.sho.u./ku.ri.su.ta.ru.

水晶

むらさきずいしょう
紫水晶
mu.ra.sa.ki.zu.i.sho.u.

紫水晶

ほうせき
宝石
ho.u.se.ki.

寶石

ルビー
ru.bi.i.

紅寶石

ざくろいし
za.ku.ro.i.shi.

石榴石

せいぎょく
se.i.gyo.ku.

藍寶石

おうぎょく
o.u.gyo.ku.

黃寶石

じんぞうほうせき
人造宝石
ji.n.zo.o.ho.o.se.ki.

人造寶石

こはく
ko.ha.ku.
琥珀

エナメル
e.na.me.ru.
琺瑯

めのう
me.no.u.
瑪瑙

さんご
sa.n.go.
珊瑚

真珠
shi.n.ju.
珍珠

天然真珠
te.n.ne.n.shi.n.ju.
天然珍珠

淡水パール
ta.n.su.i.pa.a.ru.
淡水珍珠

本真珠
ho.n.shi.n.ju.
真的珍珠

track 跨頁共同導讀 081

模造真珠
もぞうしんじゅ

mo.zo.u.shi.n.ju.

人造珍珠

黒真珠
くろしんじゅ

ku.ro.shi.n.ju.

黑珍珠

コンクパール

ko.n.ku.pa.a.ru.

桃色珍珠

 track 082

● 殺價

（實用短句）

▶ まけてもらえませんか。

ma.ke.te./mo.ra.e.ma.se.n.ka.

可以算便宜一點嗎？

▶ 安くしてもらえませんか。
やす

ya.su.ku.shi.te./mo.ra.e.ma.se.n.ka.

可以算便宜一點嗎？

▶ 値段は高過ぎます。
ね だん　たか す

ne.da.n.wa./ta.ka.su.gi.ma.su.

太貴了。

▶少し予算を超えてしまいます。

su.ko.shi./yo.sa.n.o./ko.e.te./shi.ma.i.ma.su.

超出我預算了。

▶ちょっと予算オーバーだな。

cho.tto./yo.sa.n./o.o.ba.a.da.na.

超出我預算了。

▶割引はありますか。

wa.ri.bi.ki.wa./a.ri.ma.su.ka.

有折扣嗎？

▶そんなに高くないはずですよ。

so.n.na.ni./ta.ka.ku.na.i.ha.zu.de.su.yo.

應該沒這麼貴吧！

▶もっと安くなりませんか。

mo.tto./ya.su.ku./na.ri.ma.se.n.ka.

可以算便宜一點嗎？

▶5個買うなら千円値引きしてもらえませんか。

go.ko./ka.u.na.ra./se.n.e.n./ne.bi.ki.shi.te./mo.ra.e.ma.se.n.ka.

一次買5個可以便宜1000日圓嗎？

track 跨頁共同導讀 082

▶ ほかの店でもっと安く売ってたと思うけど。

ho.ka.no./mi.se.de./mo.tto./ya.su.ku.u.tte.ta.to./o.mo.u.ke.do.

其他家賣得比較便宜。

 track 083

▷折扣相關單字

きんいつ 均一 ki.n.i.tsu. 均一價
てい か 定価 te.i.ka. 定價
いちわりびき 一割引 i.chi.wa.ri.bi.ki. 九折
に わりびき 二割引 ni.wa.ri.bi.ki. 八折
さんわりびき 三割引 sa.n.wa.ri.bi.ki. 七折

よんわりびき
四割引
yo.n.wa.ri.bi.ki.

六折

ごわりびき
五割引
go.wa.ri.bi.ki.

五折

ろくわりびき
六割引
ro.ku.wa.ri.bi.ki.

四折

ななわりびき
七割引
na.na.wa.ri.bi.ki.

三折

はちわりびき
八割引
ha.chi.wa.ri.bi.ki.

兩折

きゅうわりびき
九割引
kyu.u.wa.ri.bi.ki.

一折

むりょう
無料
mu.ryo.u.

免費

ただ
ta.da.

免費

基礎會話短句｜訂機票｜訂旅館｜在機場｜在飛機上｜交通｜在旅館｜餐廳｜購物｜觀光景點｜生病｜請求協助

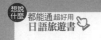
track 跨頁共同導讀 083

お得
o.to.ku.
划算、優惠

クーポン
ku.u.po.n.
優待券

チラシ
chi.ra.shi.
廣告傳單

大売出し
o.o.u.ri.da.shi.
大拍賣

セール
se.e.ru.
拍賣

感謝祭り
ka.n.sha.ma.tsu.ri.
感恩特賣

半額
ha.n.ga.ku.
半價

下取り
shi.ta.do.ri.
折價換新

ざいこいっそう
在庫一掃セール
za.i.ko./i.sso.u./se.e.ru.

出清拍賣

ね び
値引き
ne.bi.ki.

降價

わりびき
割引
wa.ri.bi.ki.

折扣

とくべつかかく
特別価格
to.ku.be.tsu./ka.ka.ku.

特別優惠價格

わりびきたいしょうがい
割引対象外
wa.ri.bi.ki./ta.i.sho.u.ga.i.

不打折

わりびきしょうひん
割引商品
wa.ri.bi.ki./sho.u.hi.n.

折扣商品

バーゲンセール
ba.a.ge.n./se.e.ru.

大拍賣

げきやす
激安
ge.ki.ya.su.

非常便宜

track 跨頁共同導讀 083

交渉
こうしょう
ko.u.sho.u.

討價還價

予算オーバー
よさん
yo.sa.n./o.o.ba.a.

超出預算

 track 084

● 決定購買

(實用短句)

▶これをいただきます。

ko.re.o./i.ta.da.ki.ma.su.

我要買這個。

▶これをください。

ko.re.o./ku.da.sa.i.

請給我這個。

▶これを 3 個ください。

ko.re.o./sa.n.ko./ku.da.sa.i.

給我 3 個這個。

▶買うことにします。
か
ka.u.ko.to.ni./shi.ma.su.

我要買。

▶ それが欲しいのですが。

so.re.ga./ho.shi.i.no.de.su.ga.

我想要那個。

085 **track**

● 包裝

實用短句

▶ 贈り物にしたいのですが。

o.ku.ri.mo.no.ni./shi.ta.i.no.de.su.ga.

這是禮物。

▶ ギフト用に包んでもらえますか。

gi.fu.to.yo.u.ni./tsu.tsu.n.de./mo.ra.e.ma.su.ka.

可以幫我包裝嗎？

▶ 袋に入れてください。

fu.ku.ro.ni./i.re.te./ku.da.sa.i.

請用袋子包起來。

▶ それぞれ袋に入れていただけますか。

so.re.zo.re./fu.ku.ro.ni./i.re.te./i.ta.da.ke.ma.su.ka.

請分別裝袋。

▶ 別々に包んでください。

be.tsu.be.tsu.ni./tsu.tsu.n.de./ku.da.sa.i.

請分開包裝。

track 086

● 結帳

實用短句

▶ レジはどこですか。

re.ji.wa./do.ko.de.su.ka.

結帳櫃台在哪裡？

▶ 全部でいくらですか。
ぜん ぶ

ze.n.bu.de./i.ku.ra.de.su.ka.

全部多少錢？

▶ カードで支払いたいのですが。
し はら

ka.a.do.de./shi.ha.ra.i.ta.i.no.de.su.ga.

可以刷卡嗎？

▶ 一括払いでお願いします。
いっかつばら   ねが

i.kka.tsu.ba.ra.i.de./o.ne.ga.i.shi.ma.su.

(刷卡)一次付清。

▶ このカードは使えますか。
つか

ko.no.ka.a.do.wa./tsu.ka.e.ma.su.ka.

可以用這張卡嗎？

▶ 免税の手続きを教えてください。
めんぜい   て つづ   おし

me.n.ze.i.no./te.tsu.zu.ki.o./o.shi.e.te.ku.da.sa.i.

請告訴我退稅如何辦理。

▶ この値段は税込ですか。

ko.no.ne.da.n.wa./ze.i.ko.mi.de.su.ka.

這價格是含稅嗎？

▶ 現金をあまり持っていません。

ge.n.ki.n.o./a.ma.ri./mo.tte.i.ma.se.n.

我帶的現金不多。

▶ すみません。小銭がありません。

su.mi.ma.se.n./ko.ze.ni.ga./a.ri.ma.se.n.

不好意思，我沒有零錢。

▶ カードで一部を払って、残りは現金で払うことは出来ますか。

ka.a.do.de./i.chi.bu.o./ha.ra.tte./no.ko.ri.wa./ge.n.ki.n.de./ha.ra.u.ko.to.wa./de.ki.ma.su.ka.

可以一部分刷卡，其餘付現嗎？

▶ 領収書をもらえますか。

ryo.u.shu.u.sho.o./mo.ra.e.ma.su.ka.

可以給我收據嗎？

▶ 保証書をもらえますか。

ho.sho.u.sho.o./mo.ra.e.ma.su.ka.

可以給我保證書嗎？

▶ お釣りは小銭でいただけますか。

o.tsu.ri.wa./ko.ze.ni.de./i.ta.da.ke.ma.su.ka.

找回來的錢可以給我零錢嗎？

基礎會話短句｜訂機票｜訂旅館｜在機場｜在飛機上｜交通｜在旅館｜餐廳｜**購物**｜觀光景點｜生病｜請求協助

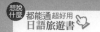
track 跨頁共同導讀 086

▶計算が間違っているみたいなんですが。

ke.i.sa.n.ga./ma.chi.ga.tte.i.ru./mi.ta.i.na.n.de.su.ga.

你好像算錯錢了。

▶計算が間違っていませんか。

ke.i.sa.n.ga./ma.chi.ga.tte./i.ma.se.n.ka.

你好像算錯錢了。

▶お釣りが間違っています。

o.tsu.ri.ga./ma.chi.ga.tte.i.ma.su.

找錯錢了。

▶お釣りは百円足りないのですが。

o.tsu.ri.wa./hya.ku.e.n./ta.ri.na.i.no.de.su.ga.

找回來的錢少了100日圓。

▶まだお釣りをもらっていないのですが。

ma.da./o.tsu.ri.o./mo.ra.tte.i.na.i.no.de.su.ga.

你還沒找我錢。

 track 087

▷結帳相關單字

勘定場

ka.n.jo.u.ba.

結帳處

お会計
o.ka.i.ke.i.

結帳櫃台

レジ
re.ji.

收銀機

お会計
o.ka.i.ke.i.

我要付款

現金
ge.n.ki.n.

付現

クレジットカード
ku.re.ji.tto./ka.a.do.

信用卡

現金のみ
ge.n.ki.n./no.mi.

只接受現金

チップ
chi.ppu.

小費

サービス料
sa.a.bi.su.ryo.u.

服務費

track 跨頁共同導讀 087

お釣り
o.tsu.ri.

零錢

分割払い
bu.n.ka.tsu./ba.ra.i.

分期付款

ポイントカード
po.i.n.to./ka.a.do.

集點卡

還元金
ka.n.ge.n.ki.n.

現金回饋

ポイント
po.i.n.to.

點數

track 088

● 商品保留、寄送

實用短句

▶この商品を取り置きしておいてもらえ
ますか。

ko.no.sho.u.hi.n.o./to.ri.o.ki./shi.te.o.i.te./mo.ra.
e.ma.su.ka.

這商品可以幫我保留嗎？

► 明日まで取り置きしてもらえますか。

a.shi.ta.ma.de./to.ri.o.ki.shi.te./mo.ra.e.ma.su.ka.

可以幫我保留到明天嗎？

► 夜、取りに来ます。

yo.ru./to.ri.ni.ki.ma.su.

我晚上來拿。

► 取り寄せてもらえますか。

to.ri.yo.se.te./mo.ra.e.ma.su.ka.

可以幫我調貨嗎？

► ホテルまで配達してもらえますか。

ho.te.ru.ma.de./ha.i.ta.tsu.shi.te./mo.ra.e.ma.su.ka.

可以幫我送到飯店嗎？

► 台湾に送れますか。

ta.i.wa.n.ni./o.ku.re.ma.su.ka.

可以寄到台灣嗎？

► 海外への発送はやっていただけますか。

ka.i.ga.i.e.no.ha.sso.u.wa./ya.tte.i.ta.da.ke.ma. su.ka.

可以寄到國外嗎？

► 入荷したら台湾に送ってもらえますか。

nyu.u.ka.shi.ta.ra./ta.i.wa.n.ni./o.ku.tte./mo.ra.e. ma.su.ka.

進貨後可以寄到台灣嗎？

track 跨頁共同導讀 088

▶ 支払は先に払います。

shi.ha.ra.i.wa./sa.ki.ni./ha.ra.i.ma.su.

我會先付錢。

▶ 国際宅配便は利用できますか。

ko.ku.sa.i.ta.ku.ha.i.bi.n.wa./ri.yo.u.de.ki.ma.su.ka.

可以寄國際快遞嗎？

▶ 着払いで送れますか。

cha.ku.ba.ra.i.de./o.ku.re.ma.su.ka.

可以貨到付款嗎？

 track 089

▷調貨訂貨相關單字

品切れ
shi.na.gi.re.

缺貨

在庫中
za.i.ko.chu.u.

有貨

取り寄せ
to.ri.yo.se.

調貨

予約
よやく

yo.ya.ku.

預約

先行販売
せんこうはんばい

se.n.ko.u.ha.n.ba.i.

搶先販賣

090 track

● 客訴、退換貨

實用短句

▶ ここが壊れているようです。

ko.ko.ga./ko.wa.re.te./i.ru.yo.u.de.su.

這裡壞了。

▶ 全然動かないのですが。

ze.n.ze.n./u.go.ka.na.i.no.de.su.ga.

(商品)根本不能運作。

▶ 私が買ったものと色が違っています。

wa.ta.shi.ga./ka.tta.mo.no.to./i.ro.ga./chi.ga.tte.i.ma.su.

我不是要買這個顏色。

track 跨頁共同導讀 090

► 汚れています。

yo.go.re.te./i.ma.su.

這個髒了。

► 間違った商品が入っています。

ma.chi.ga.tta./sho.u.hi.n.ga./ha.i.tte.i.ma.su.

裡面放的是不同的商品。

► 私は３つ頼みましたが、１つしか入って
いません。

wa.ta.shi.wa./mi.ttsu./ta.no.mi.ma.shi.ta.ga./hi.to.tsu.shi.ka./ha.i.tte.i.ma.se.n.

我要３個，但裡面只放了１個。

► 間違って購入してしまった。

ma.chi.ga.tte./ko.u.nyu.u.shi.te./shi.ma.tta.

我買錯了。

► 交換してもらえますか。

ko.u.ka.n.shi.te./mo.ra.e.ma.su.ka.

可以換嗎？

► 返品したいのですが。

he.n.pi.n.shi.ta.i.no./de.su.ga.

我想退貨。

► 交換するか返金してください。

ko.u.ka.n.su.ru.ka./he.n.ki.n.shi.te./ku.da.sa.i.

我想換貨或退貨。

▶はい、レシートです。

ha.i./re.shi.i.to.de.su.

這是收據。

091 **track**

● 不購買

実用短句

▶もう少しほかも見てみます。

mo.u.su.ko.shi./ho.ka.mo./mi.te.mi.ma.su.

我再看看別的。

▶ちょっと考えます。

cho.tto./ka.n.ga.e.ma.su.

我再考慮一下。

▶また来ます。

ma.ta./ki.ma.su.

我會再來。

▶決めかねます。

ki.me.ka.ne.ma.su.

很難決定。

▶もう少し考えます。

mo.u./su.ko.shi./ka.n.ga.e.ma.su.

再考慮一下。

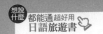
`track` 跨頁共同導讀 091

▶ やめておきます。

ya.me.te./o.ki.ma.su.

決定不要了。

▶ またにします。

ma.ta.ni./shi.ma.su.

下次再來。

▶ 色々とありがとう。

i.ro.i.ro.to./a.ri.ga.to.u.

(決定不買要離開時)謝謝你了。

觀 光景點

● 拍照

實用短句

▶ 写真を撮ってもいいですか。

sha.shi.n o./to.tte.mo./i.i.dc.su.ka.

可以拍照嗎？

▶ すみません、私たちの写真を撮ってもらえますか。

su.mi.ma.se.n./wa.ta.shi.ta.chi.no./sha.shi.n.o./
to.tte.mo.ra.e.ma.su.ka.

可以幫我們拍照嗎？

▶ もう一枚お願いします。

mo.u.i.chi.ma.i./o.ne.ga.i.shi.ma.su.

再拍一次。

▶ 一緒に写真を撮ってもいいですか。

i.ssho.ni./sha.shi.n.o./to.tte.mo./i.i.de.su.ka.

可以和你一起拍照嗎？

track 093

● 入場券

實用短句

▶ 入場料はいくらですか。

nyu.u.jo.u.ryo.u.wa./i.ku.ra.de.su.ka.

入場費是多少錢？

▶ この映画のチケットをください。

ko.no.e.i.ga.no./chi.ke.tto.o./ku.da.sa.i.

我要買這部電影的票。

▶ どこでチケットを買えますか。

do.ko.de./chi.ke.tto.o./ka.e.ma.su.ka.

在哪裡買票？

▶ ここでチケットは買えますか。

ko.ko.de./chi.ke.tto.wa./ka.e.ma.su.ka.

是在這裡買票嗎？

track 094

● 詢問

實用短句

▶ パンフレットはありますか。

pa.n.fu.re.tto.wa./a.ri.ma.su.ka.

有簡介嗎？

▶館内ツアーは何時からですか。

ka.n.na.i.tsu.a.a.wa./na.n.ji.ka.ra.de.su.ka.

館內導覽是幾點開始？

▶このミュージカルを見るのに何時間かかりますか。

ko.no./myu.u.ji.ka.ru.o./mi.ru.no.ni./na.n.ji.ka.n./ka.ka.ri.ma.su.ka.

這部音樂劇的時間大約多長？

▶町の地図か観光案内はありますか。

ma.chi.no./chi.zu.ka./ka.n.ko.u.a.n.na.i.wa./a.ri.ma.su.ka.

有這個城市的地圖或是觀光簡介嗎？

▶中国語ガイド付きのツアーはありませんか。

chu.u.go.ku.go.ga.i.do.tsu.ki.no./tsu.a.a.wa./a.ri.ma.se.n.ka.

有沒有中文導覽行程？

▶今夜は何をやっていますか。

ko.n.ya.wa./na.ni.o./ya.tte.i.ma.su.ka.

今晚有什麼表演？

▶この美術館のパンフレットはありますか。

ko.no./bi.ju.tsu.ka.n.no./pa.n.fu.re.tto.wa./a.ri.ma.su.ka.

有這間美術館的簡介嗎？

生 病

● 說明身體狀況

實用短句

▶ 咳_{せき}がひどいです。
se.ki.ga./hi.do.i.de.su.
咳嗽咳得很厲害。

▶ 吐_はきそうです。
ha.ki.so.u.de.su.
想吐。

▶ 出血_{しゅっけつ}しています。
shu.kke.tsu.shi.te.i.ma.su.
在流血。

▶ めまいがします。
me.ma.i.ga./shi.ma.su.
頭暈。

▶ 下痢_{げり}しています。
ge.ri./shi.te.i.ma.su.
拉肚子。

▶ ここが痛_{いた}いです。
ko.ko.ga./i.ta.i.de.su.
(用指的)這裡很痛。

track 跨頁共同導讀 095

▶ 足を捻挫しました。

a.shi.o./ne.n.za.shi.ma.shi.ta.

腳扭傷了。

▶ ペニシリンにアレルギーが出ます。

pe.ni.shi.ri.n.ni./a.re.ru.gi.i.ga.de.ma.su.

對盤尼西林出現過敏症狀。

▶ 頭痛がします。

zu.tsu.u.ga./shi.ma.su.

頭痛。

▶ 二日酔いです。

fu.tsu.ka.yo.i.de.su.

宿醉。

▶ 歯が痛みます。

ha.ga./i.ta.mi.ma.su.

牙齒痛。

▶ 胃が痛いです。

i.ga./i.ta.i.de.su.

胃痛。

▶ 風邪をひいて喉が痛みます。

ka.ze.o./hi.i.te./no.do.ga./i.ta.mi.ma.su.

感冒了所以喉嚨痛。

▶腰に痛みがあります。
ko.shi.ni./i.ta.mi.ga./a.ri.ma.su.
腰痛。

▶二の腕を触ると痛みます。
ni.no.u.de.o./sa.wa.ru.to./i.ta.mi.ma.su.
上臂一碰就痛。

▶指を切りました。
yu.bi.o./ki.ri.ma.shi.ta.
手指割傷。

▶ヒザを擦りむきました。
hi.za.o./su.ri.mu.ki.ma.shi.ta.
膝蓋擦傷。

▶突き指しました。
tsu.ki.yu.bi./shi.ma.shi.ta.
手指挫傷。

▶心拍数が上がっています。
shi.n.pa.ku.su.u.ga./a.ga.tte.i.ma.su.
心跳很快。

▶吐き気がするので袋を下さい。
ha.ki.ke.ga./su.ru.no.de./fu.ku.ro.o./ku.da.sa.i.
我想吐，請給我袋子。

基礎會話短句｜訂機票｜訂旅館｜在機場｜在飛機上｜交通｜在旅館｜餐廳｜購物｜觀光景點｜生病｜請求協助

track 跨頁共同導讀 095

▶ 吐き気がするので車から降りたい。

ha.ki.ke.ga./su.ru.no.de./ku.ru.ma.ka.ra./o.ri.ta.i.

我想吐,請讓我下車。

▶ 虫に刺されました。

mu.shi.ni./sa.sa.re.ma.shi.ta.

被蟲咬。

▶ 犬に咬まれました。

i.nu.ni./ka.ma.re.ma.shi.ta.

被狗咬。

▶ ナイフで切りました。

na.i.fu.de./ki.ri.ma.shi.ta.

被刀劃傷。

track 096

▷身體狀況相關單字

病
ya.ma.i.
病

仮病
ke.byo.u.
裝病

じびょう
持病
ji.byo.u.
宿疾

なんびょう
難病
na.n.byo.u.
罕見病

でんせんびょう
伝染病
de.n.se.n.byo.u.
傳染病

きゅうびょう
急病
kyu.u.byo.u.
突然生病

かんせんしょう
感染症
ka.n.se.n.sho.u.
感染症

こういしょう
後遺症
ko.u.i.sho.u.
後遺症

ようだい
容体
yo.u.da.i.
身體狀態／病況

じゅうしょう
重症
ju.u.sho.u.
重病

けいしょう
軽症
ke.i.sho.u.

症狀輕微

じゅうたい
重体
ju.u.ta.i.

重傷

け が
怪我
ke.ga.

受傷

す きず
擦り傷
su.ri.ki.zu.

擦傷

き きず
切り傷
ki.ri.ki.zu.

割傷

つ きず
突き傷
tsu.ki.ki.zu.

刺傷

う きず
打ち傷
u.chi.ki.zu.

撞傷

えんしょう
炎症
e.n.sho.u.

發炎

風邪
かぜ
ka.ze.

感冒

インフルエンザ
i.n.fu.ru.e.n.za.

流行性感冒

喘息
ぜんそく
ze.n.so.ku.

氣喘

胃炎
いえん
i.e.n.

胃炎

腸炎
ちょうえん
cho.u.e.n.

腸炎

下痢
げり
ge.ri.

拉肚子

痛風
つうふう
tsu.u.fu.u.

痛風

卒中
そっちゅう
so.cchu.u.

中風

track 跨頁共同導讀 096

糖尿病
とうにょうびょう
to.u.nyo.u.byo.u.

糖尿病

鼻炎
びえん
bi.e.n.

鼻炎

ものもらい
mo.no.mo.ra.i.

針眼

がん
ga.n.

癌

頭痛
ずつう
zu.tsu.u.

頭痛

できもの
de.ki.mo.no.

痘子

吹き出物
ふ　でもの
fu.ki.de.mo.no.

痘子

ニキビ
ni.ki.bi.

痘子

じんましん
ji.n.ma.shi.n.

蕁麻疹

水虫
mi.zu.mu.shi.

香港腳

熱中症
ne.cchu.u.sho.u.

中暑

 097 **track**

● 買藥

實用短句

▶ 風邪薬をください。

ka.ze.gu.su.ri.o./ku.da.sa.i.

請給我感冒藥。

▶ 頭痛薬をください。

zu.tsu.u.ya.ku.o./ku.da.sa.i.

請給我頭痛藥。

▶ 目が赤いので、目薬をください。

me.ga.a.ka.i.no.de./me.gu.su.ri.o./ku.da.sa.i.

我眼睛很紅,請給我眼藥水。

▶ 痛み止めはありますか。

i.ta.mi.do.me.wa./a.ri.ma.su.ka.

有止痛藥嗎？

▶ 解熱剤はありますか。

ge.ne.tsu.za.i.wa./a.ri.ma.su.ka.

有退燒藥嗎？

▶ 発熱の薬はありますか。

ha.tsu.ne.tsu.no./ku.su.ri.wa./a.ri.ma.su.ka.

有退燒藥嗎？

▶ 飛行機酔いの薬はありますか。

hi.ko.u.ki.yo.i.no./ku.su.ri.wa./a.ri.ma.su.ka.

有暈機藥嗎？

▶ かゆみ止めの薬はありますか。

ka.yu.mi.do.me.no./ku.su.ri.wa./a.ri.ma.su.ka.

有止癢的藥嗎？

▶ 処方箋なしで、薬は買えますか。

sho.ho.u.se.n.na.shi.de./ku.su.ri.wa./ka.e.ma.su.ka.

沒有處方箋可以買藥嗎？

▶ この薬には、副作用はありますか。

ko.no.ku.su.ri.ni.wa./fu.ku.sa.yo.u.wa./a.ri.ma.su.ka.

這個藥有副作用嗎？

098 **track**

• 服藥方法

(實用短句)

▶ どのように飲めばよいですか。

do.no.yo.u.ni./no.me.ba./yo.i.de.su.ka.

這藥怎麼吃？

▶ 1回に何錠飲むんですか。

i.kka.i.ni./na.n.jo.u.no.mu.n.de.su.ka.

一次要吃幾顆？

▶ 1日、何回飲めばいいのですか。

i.chi.ni.chi./na.n.ka.i./no.me.ba./i.i.no.de.su.ka.

一天要吃幾次？

▶ いつ飲めばいいのですか。

i.tsu./no.me.ba./i.i.no.de.su.ka.

什麼時候該吃？

請 求協助

● 求救

(實用短句)

▶ 助けて。

ta.su.ke.te.

救命啊。

▶ 誰か来て。

da.re.ka./ki.te.

快來人啊。

▶ 泥棒！

do.ro.bo.u.

有小偷！

▶ 捕まえて。

tsu.ka.ma.e.te.

快抓住那個人。

▶ 救急車を呼んでください。

kyu.u.kyu.u.sha.o./yo.n.de./ku.da.sa.i.

快叫救護車。

▶ 警察に電話して。

ke.i.sa.tsu.ni./de.n.wa.shi.te.

快打電話叫警察。

track 跨頁共同導讀 099

▶ 医者を呼んでください。

i.sha.o./yo.n.de./ku.da.sa.i.

快叫醫生來。

▶ 病院に連れて行ってください。

byo.u.i.n.ni./tsu.re.te./i.tte./ku.da.sa.i.

請帶我去醫院。

▶ 警察署はどこにありますか。

ke.i.sa.tsu.sho.wa./do.ko.ni./a.ri.ma.su.ka.

哪裡有警察局？

▶ 中国語を話せる人はいませんか。

chu.u.go.ku.go.o./ha.na.se.ru.hi.to.wa./i.ma.se.
n.ka.

有人會說中文嗎？

 track 100

● 遺失物品

（實用短句）

▶ 私のカバンが盗まれました。

wa.ta.shi.no./ka.ba.n.ga./nu.su.ma.re.ma.shi.ta.

我的包包被偷了。

▶ 財布を盗まれました。

sa.i.fu.o./nu.su.ma.re.ma.shi.ta.

我的錢包被偷了。

▶ パスポートをなくしました。

pa.su.po.o.to.o./na.ku.shi.ma.shi.ta.

我的護照不見了。

▶ 私のカメラが見あたらないのですが。

wa.ta.shi.no./ka.me.ra.ga./mi.a.ta.ra.na.i.no.dc. su.ga.

我的相機不見了。

▶ 電車の中でお金をすられました。

de.n.sha.no.na.ka.de./o.ka.ne.o./su.ra.re.ma.shi.ta.

錢在電車上被扒走了。

▶ バッグを置き引きされました。

ba.ggu.o./o.ki.bi.ki.sa.re.ma.shi.ta.

包包放著被人拿走了。

▶ バッグをひったくられました。

ba.ggu.o./hi.tta.ku.ra.re.ma.shi.ta.

包包被人搶走了。

▶ 盗難届を出したいのですが。

to.u.na.n.to.do.ke.o./da.shi.ta.i.no.de.su.ga.

我想報案。

基礎會話短句｜訂機票｜訂旅館｜在機場｜在飛機上｜交通｜在旅館｜餐廳｜購物｜觀光景點｜生病｜請求協助

track 101

▷表達心情相關單字

かんげき
感激
ka.n.ge.ki.

感動

かんしん
感心
ka.n.shi.n.

感動

こうふん
興奮
ko.u.fu.n.

興奮

お　つ
落ち着き
o.chi.tsu.ki.

冷靜

きどあいらく
喜怒哀楽
ki.do.a.i.ra.ku.

喜怒哀樂

うれしい
u.re.shi.i.

高興

たの
楽しい
ta.no.shi.i.

快樂

悲^{かな}しい
ka.na.shi.i.

悲傷

寂^{さび}しい
sa.bi.shi.i.

寂寞

惜^おしい
o.shi.i.

可惜

悔^{くや}しい
ku.ya.shi.i.

不甘心

残念^{ざんねん}
za.n.ne.n.

可惜

落^おち込^こむ
o.chi.ko.mu.

心情低落

つまらない
tsu.ma.ra.na.i.

無聊

退屈^{たいくつ}
ta.i.ku.tsu.

無聊

だるい
da.ru.i.

沒勁、很累

ムカつく
mu.ka.tsu.ku.

生氣

頭にくる
a.ta.ma.ni.ku.ru.

生氣

うんざり
u.n.za.ri.

煩

びっくり
bi.kku.ri.

驚訝

意外
i.ga.i.

感到意外

呆れる
a.ki.re.ru.

傻眼

驚く
o.do.ro.ku.

驚訝

怒り
i.ka.ri.

生氣

怖い
ko.wa.i.

可怕、害怕

満足する
ma.n.zo.ku.su.ru.

滿足

安心する
a.n.shi.n.su.ru.

放心

悩む
na.ya.mu.

煩惱

焦る
a.se.ru.

焦慮、著急

不憫
fu.bi.n.

同情

基礎會話短句｜訂機票｜訂旅館｜在機場｜在飛機上｜交通｜在旅館｜餐廳｜購物｜觀光景點｜生病｜請求協助

妬^やける
ya.ke.ru.

嫉妒

共^{きょう}感^{かん}する
kyo.u.ka.n.su.ru.

有同感

気^き分^{ぶん}
ki.bu.n.

心情、感覺

精選 >>>>>

充實 >>>>>

升級 >>>>>

先學會 **最實用的** 日語文法

網羅生活中
必備日語文法

提供精通日語文法的捷徑

永續圖書
線上購物網

www.foreverbooks.com.tw

◆ 加入會員即享活動及會員折扣。

◆ 每月均有優惠活動，期期不同。

◆ 新加入會員三天內訂購書籍不限本數金額，
　即贈送精選書籍一本。（依網站標示為主）

專業圖書發行、書局經銷、圖書出版

永續圖書總代理：
五觀藝術出版社、培育文化、棋茵出版社、犬拓文化、讀
品文化、雅典文化、知音人文化、手藝家出版社、璞申文
化、智學堂文化、語言鳥文化

活動期內，永續圖書將保留變更或終止該活動之權利及最終決定權。